ONDE ESTIVESTES DE NOITE

clarice

lispector
ONDE ESTIVESTES DE NOITE

POSFÁCIO DE
RICARDO IANNACE

ROCCO

Copyright © 2019 *by* Paulo Gurgel Valente

Texto posfácio de Ricardo Iannace

Direitos desta edição reservados à
EDITORA ROCCO LTDA.
Rua Evaristo da Veiga, 65 – 11º andar
Passeio Corporate – Torre 1
20031-040 – Rio de Janeiro, RJ
Tel.: (21) 3525-2000 – Fax: (21) 3525-2001
rocco@rocco.com.br | www.rocco.com.br

Printed in Brazil/Impresso no Brasil

Preparação de originais
Pedro Karp Vasquez

Projeto gráfico
Victor Burton e Anderson Junqueira

CIP-Brasil. Catalogação na publicação.
Sindicato Nacional dos Editores de Livros, RJ.

L7530	Lispector, Clarice, 1920-1977
	Onde estivestes de noite / Clarice Lispector.
	– 1. ed. – Rio de Janeiro: Rocco, 2020.
	Inclui posfácio
	ISBN 978-65-5532-014-5
	ISBN 978-65-5595-014-4 (e-book)
	1. Contos brasileiros. I. Título.
20-64702	CDD-869.3
	CDU-82-4(81)

Meri Gleice Rodrigues de Souza – Bibliotecária CRB-7/6439

O texto deste livro obedece às normas
do Acordo Ortográfico da Língua Portuguesa.

Impressão e Acabamento: Geográfica

A procura de uma dignidade
7

A partida do trem
18

Seco estudo de cavalos
37

Onde estivestes de noite
45

O relatório da coisa
61

O manifesto da cidade
70

As manigâncias de Dona Frozina
72

É para lá que eu vou
75

O morto no mar da Urca
77

Silêncio
79

Esvaziamento
83

Uma tarde plena
87

Um caso complicado
90

Tanta mansidão
93

As águas do mar
95

Tempestade de almas
98

Vida ao natural
101

Posfácio
103

A PROCURA DE UMA DIGNIDADE

A Sra. Jorge B. Xavier simplesmente não saberia dizer como entrara. Por algum portão principal não fora. Pareceu-lhe vagamente sonhadora ter entrado por uma espécie de estreita abertura em meio a escombros de construção em obras, como se tivesse entrado de esguelha por um buraco feito só para ela. O fato é que quando viu já estava dentro.

E quando viu, percebeu que estava muito, muito dentro. Andava interminavelmente pelos subterrâneos do Estádio do Maracanã ou pelo menos pareceram-lhe cavernas estreitas que davam para salas fechadas e quando se abriam as salas só havia uma janela dando para o estádio. Este, àquela hora torradamente deserto, reverberava ao extremo sol de um calor inusitado que estava acontecendo naquele dia de pleno inverno.

Então a senhora seguiu por um corredor sombrio. Este a levou igualmente a outro mais sombrio. Pareceu-lhe que o teto dos subterrâneos eram baixos.

E aí este corredor a levou a outro que a levou por sua vez a outro.

Dobrou o corredor deserto. E aí caiu em outra esquina. Que a levou a outro corredor que desembocou em outra esquina.

Então continuou automaticamente a entrar pelos corredores que sempre davam para outros corredores. Onde seria a sala da aula inaugural? Pois junto desta encontraria as pessoas com quem marcara encontro. A conferência era capaz de já ter começado. Ia perdê-la, ela que se forçava a não perder nada de *cultural* porque assim se mantinha jovem por dentro, já que até por fora ninguém adivinhava que tinha quase 70 anos, todos lhe davam uns 57.

Mas agora, perdida nos meandros internos e escuros do Maracanã, a senhora já arrastava pés pesados de velha.

Foi então que subitamente encontrou num corredor um homem surgido do nada e perguntou-lhe pela conferência que o homem disse ignorar. Mas esse homem pediu informações a um segundo homem que também surgira repentinamente ao dobramento do corredor.

Então este segundo homem informou que havia visto perto da arquibancada da direita, em pleno estádio aberto, "duas damas e um cavalheiro, uma de vermelho". A Sra. Xavier tinha dúvida de que essas pessoas fossem o grupo com quem devia se encontrar antes da conferência, e na verdade já perdera de vista o motivo pelo qual caminhava sem nunca mais parar. De qualquer modo seguiu o homem para o estádio, onde parou ofuscada no espaço oco de luz escancarada e mudez aberta, o estádio nu desventrado, sem bola nem futebol. Sobretudo sem multidão. Havia uma multidão que existia pelo vazio de sua ausência absoluta.

As duas damas e o cavalheiro já haviam sumido por algum corredor?

Então o homem disse com desafio exagerado: "Pois vou procurar para a senhora e vou encontrar de qualquer jeito essa gente, eles não podem ter sumido no ar."

E de fato de muito longe ambos os viram. Mas um segundo depois tornaram a desaparecer. Parecia um jogo infantil onde gargalhadas amordaçadas riam da Sra. Jorge B. Xavier.

Então entrou com o homem por outros corredores. Aí este homem também sumiu numa esquina.

A senhora já desistira da conferência que no fundo pouco lhe importava. Contanto que saísse daquele emaranhado de caminhos sem fim. Não haveria porta de saída? Então sentiu como se estivesse dentro de um elevador enguiçado entre um andar e outro. Não haveria porta de saída?

Então eis que subitamente lembrou-se das palavras de informação da amiga pelo telefone: "fica mais ou menos perto do Estádio do Maracanã." Diante dessa lembrança entendeu o seu engano de pessoa avoada e distraída que só ouvia as coisas pela metade, a outra ficando submersa. A Sra. Xavier era muito desatenta. Então, pois, não era no Maracanã o encontro, era apenas perto dali. No entanto o seu pequeno destino quisera-a perdida no labirinto.

Sim, então a luta recomeçou pior ainda: queria por força sair de lá e não sabia como nem por onde. E de novo apareceu no corredor aquele homem que procurava as pessoas e que de novo lhe garantiu que as acharia porque não podiam ter sumido no ar. Ele disse assim mesmo:

– As pessoas não podem ter sumido no ar!

A senhora informou:

– Não precisa mais se incomodar de procurar, sim? Muito obrigada, sim? Porque o lugar onde preciso encontrar as pessoas não é no Maracanã.

O homem parou imediatamente de andar para olhá-la perplexo:

– Então que é que a senhora está fazendo aqui?

Ela quis explicar que sua vida era assim mesmo, mas nem sequer sabia o que queria dizer com o "assim mesmo" nem com "sua vida", nada respondeu. O homem insistiu na pergunta, entre desconfiado e cauteloso: que é que ela estava fazendo ali? Nada, respondeu apenas em pensamento a senhora, já então prestes a cair de cansaço. Mas não lhe respondeu, deixou-o pensar que era louca. Além do mais ela nunca se explicava. Sabia que o homem a julgava louca – e quem dissera que não? pois não sentia aquela coisa que ela chamava de "aquilo" por vergonha? Se bem que soubesse ter a chamada saúde mental tão boa que só podia se comparar com sua saúde física. Saúde física já agora arrebentada pois rastejava os pés de muitos anos de caminho pelo labirinto. Sua via crucis. Estava vestida de lã muito grossa e sufocava suada ao inesperado calor de um auge de verão, esse dia de verão que era um aleijão do inverno. As pernas lhe doíam, doíam ao peso da velha cruz. Já se resignara de algum modo a nunca mais sair do Maracanã e a morrer ali de coração exangue.

Então, e como sempre, era só depois de desistir das coisas desejadas que elas aconteciam. O que lhe ocorreu de repente foi uma ideia: "mas que velha maluca eu sou". Por que em vez de continuar a perguntar pelas pessoas que não estavam lá, não procurava o homem e indagava dele como se saía dos corredores? Pois o que queria era apenas sair e não encontrar-se com ninguém.

Achou finalmente o homem, ao dobrar de uma esquina. E falou-lhe com voz um pouco trêmula e rouca por cansaço e medo de ter vã esperança. O homem desconfiado concordou mais do que depressa que era melhor mesmo que ela fosse embora para casa e disse-lhe com cuidado: "A senhora parece que não está muito bem da cabeça, talvez seja esse calor esquisito."

Dito isto, então simplesmente o homem entrou com ela no primeiro corredor e na esquina avistavam-se os dois largos portões abertos. Apenas assim? tão fácil assim?

Apenas assim.

Então a senhora pensou sem nada concluir que só para ela é que se havia tornado impossível achar a saída. A Sra. Xavier estava apenas um pouco espantada e ao mesmo tempo habituada. Na certa cada um tinha o próprio caminho a percorrer interminavelmente, fazendo isto parte do destino, no qual ela não sabia se acreditava ou não.

E havia o táxi passando. Mandou-o parar e disse-lhe controlando a voz que estava cada vez mais velha e cansada:

– Moço, não sei bem o endereço, esqueci. Mas o que sei é que a casa fica numa rua – não-me-lembro-mais-o-quê mas que fala em "Gusmão" e faz esquina com uma rua se não me engano chamada Coronel-não-sei-quê.

O chofer foi paciente como com uma criança: "Pois então não se afobe, vamos procurar calmamente uma rua que tenha Gusmão no meio e Coronel no fim", disse virando-se para trás num sorriso e aí piscou-lhe um olho de conivência que parecia indecente. Partiram aos solavancos que lhe sacudiam as entranhas.

Então de repente reconheceu as pessoas que procurava e que se achavam na calçada defronte de uma casa grande. Era porém como se a finalidade fosse chegar e não a de ouvir a palestra que a essa hora estava totalmente esquecida, pois a Sra. Xavier se perdera de seu objetivo. E não sabia em nome de que caminhara tanto. Então viu que se cansara para além das próprias forças e quis ir embora, a conferência era um pesadelo. Então pediu a uma senhora importante e vagamente conhecida e que tinha carro com chofer para levá-la em casa porque não estava se sentindo bem com o calor estranho. O chofer só viria daí a uma hora. Então a

Sra. Xavier sentou-se numa cadeira que tinham posto para ela no corredor, sentou-se empertigada na sua cinta apertada, fora da cultura que se processava defronte na sala fechada. De onde não se ouvia som algum. Pouco lhe importava a cultura. E ali estava nos labirintos de 60 segundos e de 60 minutos que a encaminhariam a uma hora.

Então a senhora importante veio e disse assim: que a condução estava à porta mas que lhe informava que, como o chofer avisara que ia demorar muito, em vista da senhora não estar passando bem, mandara parar o primeiro táxi que vira. Por que a Sra. Xavier não tivera ela própria a ideia de chamar um táxi, em vez de dispor-se a se submeter aos meandros do tempo de espera? Então a Sra. Jorge B. Xavier agradeceu-lhe com extrema delicadeza. A senhora era sempre muito delicada e educada. Entrou no táxi e disse:

– Leblon, por obséquio.

Tinha o cérebro oco, parecia-lhe que sua cabeça estava em jejum.

Daí a pouco notou que rodavam e rodavam mas que de novo terminavam por voltar para uma mesma praça. Por que não saíam de lá? Não havia de novo caminho de saída? O chofer acabou confessando que não conhecia a zona Sul, que só trabalhava na zona Norte. E ela não sabia como ensinar-lhe o caminho. Cada vez mais a cruz dos anos pesava-lhe e a nova falta de saída apenas renovava a magia negra dos corredores do Maracanã. Não havia meio de se livrarem da praça! Então o chofer disse-lhe que tomasse outro táxi, e chegou mesmo a fazer sinal para um que passara ao lado. Ela agradeceu comedidamente, fazia cerimônia com as pessoas, mesmo com as conhecidas. Além do que era muito gentil. No novo táxi disse a medo:

– Se o senhor não se incomodar, vamos para o Leblon.

E simplesmente saíram logo da praça e entraram por novas ruas.

Foi ao abrir com a chave a porta do apartamento que teve vontade apenas mental e fantasiada de soluçar bem alto. Mas ela não era de soluçar nem de reclamar. De passagem avisou à empregada que não atenderia telefonema. Foi direto ao quarto, tirou toda a roupa, engoliu sem água uma pílula e então esperou que esta desse resultado.

Enquanto isso, fumava. Lembrou-se de que era mês de agosto e diziam que agosto dava azar. Mas setembro viria um dia como porta de saída. E setembro era por algum motivo o mês de maio: um mês mais leve e mais transparente. Foi vagamente pensando nisso que a sonolência finalmente veio e ela adormeceu.

Quando acordou horas depois então viu que chovia uma chuva fina e gelada, fazia um frio de lâmina de faca. Nua na cama ela enregelava. Então achou muito curioso uma velha nua. Lembrou-se de que planejara a compra de uma echarpe de lã. Olhou o relógio: ainda encontraria o comércio aberto. Tomou um táxi e disse:

– Ipanema, por obséquio.

O homem disse:

– Como é que é? É para o Jardim Botânico?

– Ipanema, por favor – repetiu a senhora, bastante surpreendida. Era o absurdo do desencontro total: pois, que havia em comum entre as palavras *Ipanema* e *Jardim Botânico*? Mas de novo pensou vagamente que "era assim mesmo a sua vida".

Fez rapidamente a compra e viu-se na rua já escurecida sem ter o que fazer. Pois o Sr. Jorge B. Xavier viajara para São Paulo no dia anterior e só voltaria no dia seguinte.

Então, de novo em casa, entre tomar nova pílula para dormir ou fazer alguma outra coisa, optou pela segunda hipótese, pois lembrou-se de que agora poderia voltar a procurar a letra de câmbio perdida. O pouco que entendia era que aquele papel representava dinheiro. Há dois dias procurara minuciosamente pela casa toda, e até pela cozinha, mas em vão. Agora lhe ocorria: e por que não embaixo da cama? Talvez. Então ajoelhou-se no chão. Mas logo cansou-se de só estar apoiada nos joelhos e apoiou-se também nas duas mãos.

Então percebeu que estava de quatro.

Assim ficou um tempo, talvez meditativa, talvez não. Quem sabe, a Sra. Xavier estivesse cansada de ser um ente humano. Estava sendo uma cadela de quatro. Sem nobreza nenhuma. Perdida a altivez última. De quatro, um pouco pensativa talvez. Mas embaixo da cama só havia poeira.

Levantou-se com bastante esforço das juntas desarticuladas e viu que nada mais havia a fazer senão considerar com realismo – e era com um esforço penoso que via a realidade – considerar com realismo que a letra estava perdida e que continuar a procurá-la seria nunca sair do Maracanã.

E como sempre, já que desistira de procurar, ao abrir a gavetinha de lenços para tirar um – lá estava a letra de câmbio.

Então a senhora, cansada pelo esforço de ter ficado de quatro, sentou-se na cama e começou muito à toa a chorar de manso. Parecia mais uma lenga-lenga árabe. Há 30 anos não chorava, mas agora estava tão cansada. Se é que aquilo era choro. Não era. Era alguma coisa. Finalmente assoou o nariz. Então pensou o seguinte: que ela forçaria o "destino" e teria um destino maior. Com força de vontade se consegue tudo, pensou sem a menor convicção. E isso de estar presa a um destino ocorrera-lhe porque já começara sem querer a pensar em "aquilo".

Mas aconteceu então que a senhora também pensou o seguinte: era tarde demais para ter um destino. Ela pensou que bem faria qualquer tipo de permuta com outro ser. Foi então que lhe ocorreu que não havia com quem se permutar: que quer que ela fosse, ela era ela e não podia se transformar numa outra única. Cada um era único. A Sra. Jorge B. Xavier também era.

Mas tudo o que lhe acontecera ainda era preferível a sentir "aquilo". E aquilo veio com seus longos corredores sem saída. "Aquilo", agora sem nenhum pudor, era a fome dolorosa de suas entranhas, fome de ser possuída pelo inalcançável ídolo de televisão. Não perdia um só programa dele. Então, já que não pudera se impedir de pensar nele, o jeito era deixar-se pensar e relembrar o rosto de menina-moça de Roberto Carlos, meu amor.

Foi lavar as mãos sujas de poeira e viu-se no espelho da pia. Então a Sra. Xavier pensou assim: "Se eu quiser muito, mas muito mesmo, ele será meu por ao menos uma noite." Acreditava vagamente na força de vontade. De novo se emaranhou no desejo que era retorcido e estrangulado.

Mas, quem sabe? Se desistisse de Roberto Carlos, então é que as coisas entre ele e ela aconteceriam. A Sra. Xavier meditou um pouco sobre o assunto. Então espertamente fingiu que desistia de Roberto Carlos. Mas bem sabia que a desistência mágica só dava resultados positivos quando era real, e não apenas um truque como modo de conseguir. A realidade exigia muito da senhora. Examinou-se ao espelho para ver se o rosto se tornaria bestial sob a influência de seus sentimentos. Mas era um rosto quieto que já deixara há muito de representar o que sentia. Aliás, seu rosto nunca exprimira senão boa educação. E agora era apenas a máscara de uma mulher de 70 anos. Então sua cara levemente maquilada pareceu-lhe a de um palhaço. A senhora forçou sem vontade um sorriso para ver se melhorava. Não melhorou.

Por fora – viu no espelho – ela era uma coisa seca como um figo seco. Mas por dentro não era esturricada. Pelo contrário. Parecia por dentro uma gengiva úmida, mole assim como gengiva desdentada.

Então procurou um pensamento que a espiritualizasse ou que a esturricasse de vez. Mas nunca fora espiritual. E por causa de Roberto Carlos a senhora estava envolta nas trevas da matéria onde ela era profundamente anônima.

De pé no banheiro era tão anônima quanto uma galinha.

Numa fração de fugitivo segundo quase inconsciente vislumbrou que todas as pessoas são anônimas. Porque ninguém é o outro e o outro não conhecia o outro. Então – então a pessoa é anônima. E agora estava emaranhada naquele poço fundo e mortal, na revolução do corpo. Corpo cujo fundo não se via e que era a escuridão das trevas malignas de seus instintos vivos como lagartos e ratos. E tudo fora de época, fruto fora de estação? Por que as outras velhas nunca lhe tinham avisado que até o fim isso podia acontecer? Nos homens velhos bem vira olhares lúbricos. Mas nas velhas não. Fora de estação. E ela viva como se ainda fosse alguém, ela que não era ninguém.

A Sra. Jorge B. Xavier era ninguém.

Então quis ter sentimentos bonitos e românticos em relação à delicadeza de rosto de Roberto Carlos. Mas não conseguiu: a delicadeza dele apenas a levava a um corredor escuro de sensualidade. E a danação era a lascívia. Era fome baixa: ela queria comer a boca de Roberto Carlos. Não era romântica, ela era grosseira em matéria de amor. Ali no banheiro, defronte do espelho da pia.

Com sua idade indelevelmente maculada.

Sem ao menos um pensamento sublime que lhe servisse de leme e que enobrecesse a sua existência.

Então começou a desmanchar o coque dos cabelos e a penteá-los devagar. Estavam precisando de nova tintura, as raízes brancas já apareciam. Então a senhora pensou o seguinte: na minha vida nunca houve um clímax como nas histórias que se leem. O clímax era Roberto Carlos. Meditativa, concluiu que iria morrer secretamente assim como secretamente vivera. Mas também sabia que toda morte é secreta.

Do fundo de sua futura morte imaginou ver no espelho a figura cobiçada de Roberto Carlos, com aqueles macios cabelos encaracolados que ele tinha. Ali estava, presa ao desejo fora de estação assim como o dia de verão em pleno inverno. Presa no emaranhado dos corredores do Maracanã. Presa ao segredo mortal das velhas. Só que ela não estava habituada a ter quase 70 anos, faltava-lhe prática e não tinha a menor experiência.

Então disse alto e bem sozinha:

– Robertinho Carlinhos.

E acrescentou ainda: meu amor. Ouviu sua voz com estranheza como se estivesse pela primeira vez fazendo, sem nenhum pudor ou sentimento de culpa, a confissão que no entanto deveria ser vergonhosa. A senhora devaneou que era capaz de Robertinho não querer aceitar o seu amor porque tinha ela própria consciência de que este amor era muito piegas, melosamente voluptuoso e guloso. E Roberto Carlos parecia tão casto, tão assexuado.

Seus lábios levemente pintados ainda seriam beijáveis? Ou por acaso era nojento beijar boca de velha? Examinou bem de perto e inexpressivamente os próprios lábios. E ainda inexpressivamente cantou baixo o estribilho da canção mais famosa de Roberto Carlos: "Quero que você me aqueça neste inverno e que tudo o mais vá para o inferno."

Foi então que a Sra. Jorge B. Xavier bruscamente dobrou-se sobre a pia como se fosse vomitar as vísceras e interrompeu sua vida com uma mudez estraçalhante: tem! que! haver! uma! porta! de saiiiiiída!

A PARTIDA DO TREM

a partida era na Central com seu relógio enorme, o maior do mundo. Marcava seis horas da manhã. Angela Pralini pagou o táxi e pegou sua pequena valise. Dona Maria Rita Alvarenga Chagas Souza Melo desceu do Opala da filha e encaminharam-se para os trilhos. A velha bem vestida e com joias. Das rugas que a disfarçavam saía a forma pura de um nariz perdido na idade, e de uma boca que outrora devia ter sido cheia e sensível. Mas que importa. Chega-se a um certo ponto – e o que foi não importa. Começa uma nova raça. Uma velha não pode comunicar-se. Recebeu o beijo gelado de sua filha que foi embora antes do trem partir. Ajudara-a antes a subir no vagão. Sem que neste houvesse um centro, ela se colocara do lado. Quando a locomotiva se pôs em movimento, surpreendeu-se um pouco: não esperava que o trem seguisse nessa direção e sentara-se de costas para o caminho.

Angela Pralini percebeu-lhe o movimento e perguntou:
– A senhora deseja trocar de lugar comigo?

Dona Maria Rita se espantou com a delicadeza, disse que não, obrigada, para ela dava no mesmo. Mas parecia ter-se perturbado. Passou a mão sobre o camafeu filigranado de ouro, espetado no peito, passou a mão pelo broche, tirou-a, levou-a ao chapéu de feltro com uma rosa de pano, retirou-a. Seca. Ofendida? Perguntou afinal a Angela Pralini:

– É por causa de mim que a senhorita deseja trocar de lugar?

Angela Pralini disse que não, surpreendeu-se, a velha se surpreendeu pelo mesmo motivo: não se recebe favor de uma velhinha. Ela sorriu um pouco demais e os lábios cobertos de talco se partiram em sulcos secos: ela estava encantada. E um pouco agitada:

– Que amabilidade a sua, disse-lhe, que gentileza.

Houve um movimento de perturbação porque Angela Pralini riu também, e a velha continuava a rir, mostrando a dentadura bem areada. Deu discretamente um puxão para baixo na cinta que a apertava demais.

– Que amabilidade, repetiu.

Recompôs-se um pouco depressa, cruzou as mãos sobre a bolsa que continha tudo o que se pudesse imaginar. As rugas, enquanto ela rira, haviam tomado um sentido, pensou Angela. Agora estavam de novo incompreensíveis, superpostas num rosto de novo imodelável. Mas Angela tirara-lhe a tranquilidade. Já vira muita moça nervosa que se dizia: se eu rir um pouco mais estrago tudo, vai ser ridículo, tenho que parar – e era impossível. A situação era muito triste. Com imensa piedade, Angela viu a cruel verruga no queixo, verruga da qual saía um pelo preto e espetado. Mas Angela lhe tirara a tranquilidade. Via-se que sorriria a qualquer momento: Angela pusera a velha nas pontas dos pés. Agora ela era uma dessas velhinhas que parecem pensar que estão sempre atrasadas, que passaram da hora. Daí a um segundo não se conteve, ergueu-se e espiou pela sua janela, como se fosse impossível manter-se sentada.

– A senhora está querendo levantar o vidro? disse um rapaz que ouvia no rádio de pilha Haendel.

– Ah! exclamou ela aterrorizada.

Oh não!, pensou Angela, estava se estragando tudo, o rapaz não deveria ter dito isso, era demais, não se devia tocá-la de novo. Porque a velha, quase a ponto de perder a atitude de que vivia, quase a ponto de perder certa amargura, tremia como música de cravo entre o sorriso e o extremo encanto:

– Não, não, não, disse ela com falsa autoridade, de modo algum, obrigada, só queria olhar.

Sentou-se imediatamente como se a delicadeza do rapaz e da moça a vigiasse. A velha, antes de subir no trem, persignou-se com três cruzes no coração, beijando discretamente as pontas dos dedos. Estava de vestido preto com gola de renda verdadeira e um camafeu de ouro puro. Na escura mão esquerda as duas alianças grossas de viúva, grossas como não se faziam mais. Ouvia-se do outro vagão o grupo de bandeirantes que cantavam o Brasil agudamente. Felizmente no outro vagão. A música do rádio do rapaz entrecruzava-se com a música de outro rapaz: estava ouvindo Edith Piaf que cantava "J'attendrai".

Fora então que o trem de repente deu um solavanco e as rodas se puseram em movimento. Começara a partida. A velha disse baixinho: Ai Jesus! Ela se banhava na calda de Jesus. Amém. Pelo rádio de pilha de uma senhora soube-se que eram seis e trinta da manhã, manhã friagenta. A velha pensou: o Brasil melhorava a sinalização de suas estradas. Um tal de Kissinger parecia mandar no mundo.

Ninguém sabe onde estou, pensou Angela Pralini, e isso assustava-a um pouco, ela era uma fugida.

— Meu nome é Maria Rita Alvarenga Chagas Souza Melo — Alvarenga Chagas era o sobrenome do meu pai, acrescentou em pedido de desculpa por ter que falar tantas palavras só em dizer seu nome. Chagas, acrescentou com modéstia, eram as Chagas de Cristo. Mas pode me chamar de dona Maria Ritinha. E o seu nome?, a sua graça qual é?

— Meu nome é Angela Pralini. Vou passar seis meses na fazenda de meus tios. E a senhora?

— Ah, eu vou para a fazenda de meu filho, vou ficar lá para o resto da vida, minha filha me trouxe até o trem e meu filho me espera com a charrete na estação. Sou como um embrulho que se entrega de mão em mão.

Os tios de Angela não tinham filhos e tratavam-na como filha. Angela lembrou-se do bilhete que deixara para Eduardo: "Não me procure. Vou desaparecer de você para sempre. Te amo como nunca. Adeus. Tua Angela não foi mais tua porque você não quis."

Ficaram em silêncio. Angela Pralini entregou-se ao ruído cadenciado do trem. Dona Maria Rita olhou de novo para o próprio anel de brilhantes e pérola no seu dedo, alisou o camafeu de ouro: "Sou velha mas sou rica, mais rica que todos aqui no vagão. Sou rica, sou rica." Espiou o relógio, mais para ver a grossa placa de ouro do que para ver as horas. "Sou muito rica, não sou uma velha qualquer." Mas sabia, ah bem sabia que era uma velhinha qualquer, uma velhinha assustada pelas menores coisas. Lembrou-se de si, o dia inteiro sozinha na sua cadeira de balanço, sozinha com os criados, enquanto a filha "public relations" passava o dia fora, só chegava às oito da noite, e nem sequer lhe dava um beijo. Acordara-se neste dia às cinco da manhã, tudo ainda escuro, fazia frio.

Depois da delicadeza do rapaz estava extraordinariamente agitada e sorridente. Parecia enfraquecida. No riso ela se revelava uma dessas velhinhas cheias de dentes. A crueldade deslocada dos dentes. O rapaz já se tinha afastado. Ela abria e fechava as pálpebras. De repente bateu com os dedos na perna de Angela, com extrema rapidez e suavidade:

— Hoje todos estão verdadeiramente, mas verdadeiramente amáveis! que gentileza, que gentileza.

Angela sorriu. A velha ficou sorrindo sem tirar os olhos profundos e vazios dos olhos da moça. Vamos, vamos, chicoteavam-na de todos os lados, e ela espiava para cá e para lá como se fosse escolher. Vamos, vamos! empurravam-na rindo de todos os lados, e ela se sacudia ridente, delicada.

— Como todos são amáveis neste trem, disse.

Subitamente procurou se recompor, pigarreou falsamente, se conteve toda. Devia ser difícil. Receava ter chegado a um ponto de não poder interromper-se. Manteve-se em severidade e tremor, fechou os lábios sobre os inúmeros dentes. Mas não podia enganar a ninguém: seu rosto tinha uma tal esperança que perturbava os olhos que a viam. Ela já não dependia de ninguém: uma vez que a tinham tocado, podia-se ir embora — ela sozinha se irradiava magra, alta. Ainda quereria dizer qualquer coisa e já preparava um gesto social de cabeça, cheio de graça prévia. Angela se perguntava se ela saberia se exprimir. Ela pareceu pensar, pensar, e achar com ternura um pensamento já todo feito onde mal e mal podia aconchegar seu sentimento. Disse com cuidado e sabedoria de ancião, como se precisasse tomar esse ar para falar como velha:

— A juventude. A juventude amável.

Riu um pouco fingida. Ia ter uma crise de nervos? pensou Angela Pralini. Porque estava tão maravilhosa. Mas pigarreou de novo com austeridade, deu no banco uma batidinha com as pontas dos dedos como se ordenasse com urgência à orquestra uma nova partitura. Abriu a bolsa, tirou um quadradinho de jornal, desdobrou-o, desdobrou-o, até torná-lo um jornal grande e normal, datado de três dias atrás – Angela viu pela data. Pôs-se a ler.

Angela tinha perdido sete quilos. Na fazenda iria comer que não era vida: tutu de feijão e couve mineira, para recuperar os preciosos quilos perdidos. Estava magra assim por tentar acompanhar o raciocínio brilhante e ininterrupto de Eduardo: bebia café sem açúcar sem parar para se manter acordada. Angela Pralini tinha os seios muitos bonitos, eram seu ponto forte. Tinha as orelhas em ponta e uma boca bonita arredondada, beijável. Os olhos com olheiras profundas. Ela aproveitava o apito gritado do trem para que ele fosse o seu próprio grito. Era um berro agudo, o seu, só que virado para dentro. Era a mulher que mais bebia uísque no grupo de Eduardo. Aguentava de 6 a 7 de uma vez, mantendo uma lucidez de terror. Na fazenda iria beber leite grosso de vaca. Uma coisa unia a velha a Angela: ambas iam ser recebidas de braços abertos, mas uma não sabia isso da outra. Angela de súbito estremeceu: quem daria o último dia de vermífugo ao cachorro. Ah, Ulisses, pensou ela para o cão, não te abandonei por querer, é que eu precisava fugir de Eduardo, antes que ele me arruinasse totalmente com sua lucidez: lucidez que iluminava demais e crestava tudo. Angela sabia que os tios tinham remédio contra picada de cobra: pretendia entrar em cheio na floresta espessa e verdejante, com botas altas e besuntada de remédio contra picada de mosquito. Como se saísse da estrada Transamazônica, a exploradora. Que bichos encontraria? Era melhor levar uma espingarda, comida e água. E uma bússola. Desde que descobrira – mas descobrira realmente com um tom espantado – que ia morrer um dia, então não teve mais medo da vida, e, por causa da morte, tinha direitos totais:

arriscava tudo. Depois de ter tido duas uniões que haviam terminado em nada, esta terceira que terminava em amoradoração, cortada pela fatalidade do desejo de sobreviver. Eduardo a transformara: fizera-a ter olhos para dentro. Mas agora ela via para fora. Via através da janela os seios da terra, em montanhas. Existem passarinhos, Eduardo! existem nuvens, Eduardo! existe um mundo de cavalos e cavalas e vacas, Eduardo, e quando eu era uma menina cavalgava em corrida num cavalo nu, sem sela! Eu estou fugindo do meu suicídio, Eduardo. Desculpe, Eduardo, mas não quero morrer. Quero ser fresca e rara como uma romã.

A velha fingia que lia jornal. Mas pensava: seu mundo era um suspiro. Não queria que os outros a acreditassem abandonada. Deus me deu saúde para eu viajar só. Também sou boa de cabeça, não falo sozinha e eu mesma é que tomo banho todos os dias. Cheirava a água de rosas murchas e maceradas, era o seu perfume idoso e mofado. Ter um ritmo respiratório, pensou Angela da velha, era a coisa mais bela que ficara desde que dona Maria Rita nascera. Era a vida.

Dona Maria Rita pensava: depois de velha começara a desaparecer para os outros, só a viam de relance. Velhice: momento supremo. Estava alheia à estratégia geral do mundo e a sua própria era parca. Perdera os objetivos de maior alcance. Ela já era o futuro.

Angela pensou: acho que se eu encontrasse a verdade, não poderia pensá-la. Seria impronunciável mentalmente.

A velha sempre fora um pouco vazia, bem, um pouquinho. Morte? era esquisito, não fazia parte dos dias. E mesmo "não existir" não existia, era impossível não-existir. Não existir não cabia na nossa vida diária. A filha não era carinhosa. Em compensação o filho era tão carinhoso, bonachão, meio gordo. A filha era sequinha como seus beijos rápidos, a "public relations". A velha tinha certa preguiça de viver. A monotonia, porém, era o que a sustentava.

Eduardo ouvia música com o pensamento. E *entendia* a dissonância da música moderna, só sabia *entender*. Sua inteligência que a afogava. Você é uma temperamental, Angela, disse-lhe ele uma vez. E daí? Que mal há nisso? Sou o que sou e não o que pensas que sou. A prova que sou está nesta partida do trem. Minha prova também é dona Maria Rita, aí defronte. Prova de quê? Sim. Ela já tivera plenitude. Quando ela e Eduardo estavam tão apaixonados um pelo outro que estando juntos numa cama, de mãos dadas, eles sentiam a vida completa. Pouca gente conheceu a plenitude. E, porque a plenitude é também uma explosão, ela e Eduardo covardemente passaram a viver "normalmente". Porque não se pode prolongar o êxtase sem morrer. Separaram-se por um motivo fútil quase inventado: não queriam morrer de paixão. A plenitude é uma das verdades encontradas. Mas o rompimento necessário fora para ela uma ablação, assim como há mulheres de quem são tirados o útero e os ovários. Vazia por dentro.

Dona Maria Rita era tão antiga que na casa da filha estavam habituados a ela como a um móvel velho. Ela não era novidade para ninguém. Mas nunca lhe passara pela cabeça que era uma solitária. Só que não tinha nada para fazer. Era um lazer forçado que em certos momentos se tornava lancinante: nada tinha a fazer no mundo. Senão viver como um gato, como um cachorro. Seu ideal era ser dama de companhia de alguma senhora, mas isso nem se usava mais e mesmo ninguém acreditaria nos seus fortes setenta e sete anos, pensariam que ela era fraca. Não fazia nada, fazia só isso: ser velha. Às vezes ficava deprimida: achava que não servia a nada, não servia sequer a Deus. Dona Maria Ritinha não tinha inferno dentro dela. Por que os velhos, mesmo os que não tremem, sugeriam algo delicadamente trêmulo? Dona Maria Rita tinha um tremor quebradiço de música de sanfona.

Mas quando se trata da vida mesmo – quem nos ampara? pois cada um é um. E cada vida tem que ser amparada por essa própria vida desse cada-um. Cada um de nós: eis com que contamos. Como dona Maria Rita sempre fora uma pessoa comum, achava que morrer não era coisa normal. Morrer era surpreendente. Era como se ela não estivesse à altura do ato de morte, pois nunca lhe acontecera até agora nada de extraordinário na vida que viesse justificar de repente outro fato extraordinário. Falava e até pensava na morte, mas no fundo era cética e suspeitosa. Achava que se morria quando havia um desastre ou alguém matava alguém. A velha tinha pouca experiência. Às vezes tinha taquicardia: bacanal do coração. Mas só isso e mesmo assim desde mocinha. No seu primeiro beijo, por exemplo, o coração se desgovernara. E fora uma coisa boa em limite com o ruim. Alguma coisa que lembrava seu passado, não como fatos mas como vida: uma sensação de vegetação em sombra, tinhorões, samambaias, avencas, frescor esverdeado. Quando sentia isso de novo, sorria. Uma das palavras mais eruditas que usava era "pitoresco". Era bom. Era como ouvir o marulho de uma fonte e não saber onde ela nascia.

Um diálogo que ela fazia consigo mesma:

– Está fazendo alguma coisa?

– Estou sim: estou sendo triste.

– Não se incomoda de ficar sozinha?

– Não, eu penso.

Às vezes não pensava. Às vezes a pessoa ficava sendo. Não precisava fazer. Ser já era um fazer. Podia-se ser devagar ou um pouco depressa.

No assento de trás, duas mulheres falavam e falavam sem parar. Seus sons constantes se fundiam no barulho das rodas do trem nos trilhos.

Bem que dona Maria Rita esperara que a filha ficasse na plataforma do trem para dar-lhe um adeusinho mas isto não aconteceu. O trem imóvel. Até que dera a arrancada.

– Angela, disse ela, uma mulher nunca diz a idade, por isso só posso lhe dizer que é muita mesmo. Não, com você – posso chamar de você? – com você vou fazer uma confidência: tenho setenta e sete anos.

– Eu tenho trinta e sete, disse Angela Pralini.

Eram sete horas da manhã.

– Quando eu era moça eu era muito mentirosinha. Mentia à toa.

Depois, como se ela tivesse se desencantado da magia da mentira, parara de mentir.

Angela, olhando a velha dona Maria Rita, teve medo de envelhecer e morrer. Segura minha mão, Eduardo, para eu não ter medo de morrer. Mas ele não segurava nada. Só fazia era: pensar, pensar e pensar. Ah, Eduardo, quero a doçura de Schumann! A sua vida era uma vida desfeita, evanescente. Faltava-lhe um osso duro, áspero e forte, contra o qual ninguém pudesse nada. Quem seria esse osso essencial? Para afastar a sensação de enorme carência, pensou: como é que na Idade Média eles faziam sem telefone e sem avião? Mistério. Idade Média, eu vos adoro e as tuas nuvens pretas e carregadas que desembocaram na Renascença luminosa e fresca.

Quanto à velha, desligara-se. Olhava para o nada.

Angela olhou-se no pequeno espelho da bolsa. Pareço-me com um desmaio. Cuidado com o abismo, digo àquela que se parece com um desmaio. Quando eu morrer vou sentir tanta saudade de você, Eduardo! A frase não resistia à lógica porém tinha em si um imponderável sentido. Era como se ela quisesse exprimir uma coisa e exprimisse outra.

A velha já era o futuro. Parecia ter vergonha. Vergonha de ser velha? Em algum ponto de sua vida deveria com certeza ter havido um erro, e o resultado era esse estranho estado de vida. Que no entanto não a levava à morte. A morte era sempre uma tal surpresa para quem morria. Tinha, porém, orgulho de não babar nem fazer pipi na cama, como se essa forma de saúde bravia tivesse meritoriamente sido o resultado de um ato de vontade sua. Só não era uma dama, uma senhora de idade, por não ter arrogância: era uma velhinha digna que de repente tomava um ar assustadiço. Ela – bem, ela se elogiava a si mesma, considerava-se uma velha cheia de precocidade como criança precoce. Mas a verdadeira intenção de sua vida, ela não sabia.

Angela sonhava com a fazenda: lá se ouviam gritos, latidos e uivos, de noite. "Eduardo", pensou ela para ele, "eu estava cansada de tentar ser o que você achava que sou. Tem um lado mau – o mais forte e o que predominava embora eu tenha tentado esconder por causa de você – nesse lado forte eu sou uma vaca, sou uma cavala livre e que pateia no chão, sou mulher da rua, sou vagabunda – e não uma 'letrada'. Sei que sou inteligente e que às vezes escondo isso para não ofender os outros com minha inteligência, eu que sou uma subconsciente. Fugi de você, Eduardo, porque você estava me matando com essa sua cabeça de gênio que me obrigava a quase tapar os meus ouvidos com as duas mãos e quase gritar de horror e cansaço. E agora vou ficar seis meses na fazenda, você não sabe onde estarei, e todos os dias tomarei banho no rio misturando com o barro a minha abençoada lama. Sou vulgar, Eduardo! e saiba que gosto de ler histórias em quadrinhos, meu amor, oh meu amor! como te amo e como amo os teus terríveis malefícios, ah como te adoro, escrava tua que sou. Mas eu sou física, meu amor, eu sou física e tive que esconder de ti a glória de ser física. E você, que é o próprio fulgor do raciocínio, embora não saiba, era alimentado por mim. Você, superintelectual e brilhante e deixando todos admirados e boquiabertos."

– Acho, se disse devagarinho a velha, acho que essa moça bonita não se interessa em conversar comigo. Não sei por que, mas ninguém conversa mais comigo. E mesmo quando estou junto das pessoas, elas parecem não se lembrar de mim. Afinal não tenho culpa de ser velha. Mas não faz mal, eu me faço companhia. E mesmo tenho o Nandinho, meu filho querido que me adora.

– O prazer sofrido de se coçar! pensou Angela. Eu, hein, eu que não vou nessa nem noutra – estou livre!!! Estou ficando mais saudável, oh vontade de dizer um desaforo bem alto para assustar todos. A velha não entenderia? Não sei, ela que já deve ter parido várias vezes. Eu não caio nessa de que o certo é ser infeliz, Eduardo. Quero fruir de tudo e depois morrer e eu que me dane! me dane! me dane! Se bem que a velha é capaz de ser infeliz sem saber. Passividade. Eu não vou nessa também, nada de passividade, quero é tomar banho nua no rio barrento que se parece comigo, nua e livre! viva! Três vivas! Eu abandono tudo! tudo! e assim não sou abandonada, não quero depender senão de umas três pessoas e o resto é: Bom-dia, tudo bem? tudo bem. Edu, você sabe? eu te abandono. Você, no fundo de seu intelectualismo, não vale a vida de um cão. Eu te abandono, então. E abandono o grupo falsamente intelectual que exigia de mim um vão e nervoso exercício contínuo de inteligência falsa e apressada. Precisei que Deus me abandonasse para que eu sentisse a sua presença. Eu preciso matar alguém dentro de mim. Você estragou minha inteligência com a tua que é de gênio. E me obrigou a saber, a saber, a saber. Ah, Eduardo, não se preocupe, levo comigo os livros que você me deu para "seguir um curso em casa", como você queria. Estudarei filosofia perto do rio, pelo amor que tenho por você.

    Angela Pralini tinha pensamentos tão fundos que não havia palavras para expressá-los. Era mentira dizer que só se podia ter um pensamento de cada vez: tinha muitos pensamentos que se entrecruzavam e eram vários. Sem falar no "subconsciente" que explode em mim, queira eu ou não queira você. Sou uma fonte, pensou Angela, pensando ao mesmo tempo onde pusera o lenço de cabeça, pensando se o cachorro tinha tomado o leite que lhe deixara, nas camisas de Eduardo, e no seu extremo esgotamento físico e mental. E na velha dona Maria Rita. "Nunca vou esquecer teu rosto, Eduardo." Era um rosto um pouco espantado, espantado com sua própria inteligência. Ele era um ingênuo. E amava sem saber que estava amando. Ia ficar tonto quando descobrisse que ela fora embora, deixando o cachorro e ele. Abandono por falta de nutrição, pensou. Ao mesmo tempo pensava na velha sentada defronte. Não era verdade que só se pensa um pensamento único. Era, por exemplo, capaz de escrever um cheque perfeito, sem um erro, pensando na sua vida, por exemplo. Que não era boa mas enfim era sua. Sua de novo. A coerência, não a quero mais. Coerência é mutilação. Quero a desordem. Só adivinho através de uma veemente incoerência. Para meditar tirei-me antes de mim e sinto o vazio. É no vazio que se passa o tempo. Ela que adorava uma boa praia, com sol, areia e sol. O homem está abandonado, perdeu o contato com a terra, com o céu. Ele não vive mais, ele existe. O ar entre ela e Eduardo Gosme era de emergência. Ele a transformara numa mulher urgente. E que, para manter acordada a urgência, tomava drogas excitantes que a emagreciam cada vez mais e tiravam-lhe a fome. Quero comer, Eduardo, estou com fome, Eduardo, fome de muita comida! Sou orgânica!

"Conheça hoje o supertrem de amanhã." *Seleções* do Reader's Digest que ela às vezes lia escondida de Eduardo. Era como as *Seleções* que diziam: conheça hoje o supertrem de amanhã. Positivamente não o estava conhecendo hoje. Mas Eduardo era o supertrem. Super tudo. Ela conhecia hoje o super de amanhã. E não suportava. Não suportava o moto--perpétuo. Você é o deserto, e eu vou para a Oceania, para os mares do Sul, para as ilhas Taiti. Se bem que estragadas pelos turistas. Você não passa de um turista, Eduardo. Vou para a minha própria vida, Edu. E digo como Fellini: na escuridão e na ignorância crio mais. A vida que tinha com Eduardo tinha cheiro de farmácia nova recém-pintada. Ela preferia o cheiro vivo de estrume por mais nojento que fosse. Ele era correto como uma quadra de tênis. Aliás, praticava tênis para manter a forma. Enfim, ele era um chato que ela amava e quase não amava mais. Estava recobrando no trem mesmo a sua saúde mental. Continuava apaixonada por Eduardo. E ele, sem saber, também estava por ela. Eu que não consigo fazer nada certo, exceto omeletes. Com uma só mão quebrava ovos com uma rapidez incrível, e os despejava na vasilha sem derramar uma gota. Eduardo morria de inveja de tanta elegância e eficiência. Ele às vezes fazia palestras nas universidades e adoravam-no. Ela também assistia, ela também o adorando. Como era mesmo que ele começava? "Sinto-me pouco à vontade ao ver as pessoas se levantando quando ouvem anunciar que eu falarei." Angela tinha sempre medo que elas se retirassem e o deixassem sozinho.

 A velha, como se tivesse recebido uma transmissão de pensamento, pensava: que não me deixem sozinha. Que idade mesmo eu tenho? Ah já nem sei.

 Logo em seguida ela esvaziou seu pensamento. E era tranquilamente nada. Mal existia. Era bom assim, muito bom mesmo. Mergulhos no nada.

Angela Pralini, para se acalmar, contou-se uma história bem calmante, bem tranquila: era uma vez um homem que gostava muito de jabuticabas. Então ele foi para um pomar onde havia árvores carregadas de protuberâncias negras, lisas e lustrosas, que lhe caíam nas mãos todas entregues e que das mãos lhe caíam aos pés. Era tal a abundância de jabuticabas que ele se dava ao luxo de pisá-las. E elas faziam um barulho muito gostoso. Faziam assim: cloc-cloc-cloc etc. Angela acalmou-se como o homem das jabuticabas. Na fazenda tinha jabuticabas e ela iria fazer com os pés nus o "cloc-cloc" macio e úmido. Nunca sabia se devia ou não engolir os caroços. Quem iria responder essa pergunta? Ninguém. Só talvez um homem que, como Ulisses, o cachorro, e contra Eduardo, respondesse: "Mangia, bella, que te fa bene." Sabia um pouquinho de italiano mas nunca tinha certeza de estar certa. E, depois do que esse homem dissesse, ela engoliria os caroços. Outra árvore gostosa era uma cujo nome científico esquecera mas que na infância todos haviam conhecido diretamente, sem ciência, era uma que no Jardim Botânico do Rio fazia um cloc-cloc sequinho. Viu? viu como você está renascendo? Sete fôlegos de gato. O número sete acompanhava-a, era o seu segredo, a sua força. Sentia-se linda. Não era. Mas assim se sentia. Sentia-se também bondosa. Com ternura pela velha Maria Ritinha que pusera os óculos e lia o jornal. Tudo era vagaroso na velha Maria Rita. Perto do fim? ai, como dói morrer. Na vida se sofre mas se tem alguma coisa na mão: a inefável vida. Mas e a pergunta sobre a morte? Era preciso não ter medo: ir em frente, sempre.

Sempre.

Como o trem.

Em algum lugar existe uma coisa escrita no muro. E é para mim, pensou Angela. Das chamas do Inferno virá um telegrama fresco para mim. E nunca mais minha esperança será decepcionada. Nunca. Nunca mais.

A velha era anônima como uma galinha, como tinha dito uma tal de Clarice falando de uma velha despudorada, apaixonada por Roberto Carlos. Essa Clarice incomodava. Fazia a velha gritar: tem! que! haver! uma! porta! de saííída! E tinha mesmo. Por exemplo, a porta de saída dessa velha era o marido que voltaria no dia seguinte, eram as pessoas conhecidas, era a sua empregada, era a prece intensa e frutífera diante do desespero. Angela se disse como se se mordesse raivosamente: tem que haver uma porta de saída. Tanto para mim como para dona Maria Rita.

Eu não pude parar o tempo, pensou Maria Rita Alvarenga Chagas Souza Melo. Falhei. Estou velha. E fingiu ler o jornal só para se dar uma compostura.

Quero sombra, gemeu Angela, quero sombra e anonimato.

A velha pensou: seu filho era tão bondoso, tão quente de coração, tão carinhoso! Tratava-a de "mãezinha". Sim, talvez eu passe o resto de minha vida na fazenda, longe da "public relations" que não precisa de mim. E minha vida deve ser muito longa, a julgar pelos meus pais e avós. Podia alcançar fácil, fácil, cem anos, pensou confortavelmente. E morrer de repente para não ter tempo de sentir medo. Persignou-se discretamente e pediu a Deus uma boa morte.

Ulisses, se fosse vista a sua cara sob o ponto de vista humano, seria monstruoso e feio. Era lindo sob ponto de vista de cão. Era vigoroso como um cavalo branco e livre, só que ele era castanho suave, alaranjado, cor de uísque. Mas seu pelo é lindo como o de um energético e empinado cavalo. Os músculos do pescoço eram vigorosos e a gente podia pegar esses músculos nas mãos de dedos sábios. Ulisses era um homem. Sem o mundo cão. Ele era delicado como um homem. Uma mulher deve tratar bem o homem.

O trem entrando no campo: os grilos grilavam agudos e roucos.

Eduardo, uma vez por outra, sem jeito como quem é forçado a cumprir uma função – dava-lhe de presente um gélido diamante. Ela que preferia brilhantes. Enfim, suspirou ela, as coisas são como são. Tinha às vezes, quando olhava do alto de seu apartamento, vontade de se suicidar. Ah, não por Eduardo mas por uma espécie de fatal curiosidade. Não dizia isso a ninguém, com medo de influenciar um suicida latente. Ela queria a vida, vida plana e plena, bem bacana, bem lendo às abertas as *Seleções*. Queria morrer só aos noventa anos, no meio de um ato de vida, sem sentir. O fantasma da loucura nos ronda. Que é que você está fazendo? Estou esperando o futuro.

Quando finalmente o trem se pusera em movimento, Angela Pralini acendera o cigarro em aleluia: receava que, enquanto o trem não partisse, não tivesse coragem de ir e terminasse por descer do vagão. Mas logo depois já estavam sujeitos aos amortecedores e no entanto repentinos solavancos das rodas. O trem marchava. E a velha Maria Rita suspirava: estava mais perto do filho amado. Com ele poderia ser mãe, ela que era castrada pela filha.

Uma vez em que Angela tivera dores menstruais, Eduardo tentara, muito sem jeito, ser carinhoso. E dissera-lhe uma coisa horrorosa: você está dodói, não é? Era de se corar de vergonha.

O trem corria quanto podia. O maquinista feliz: assim é que é bom, e ele apitava a cada curva da estrada. Era um longo e grosso apito do trem em marcha, ganhando terreno. A manhã era fresca e cheia de ervas altas e verdes. Assim, sim, vamos para a frente, disse o maquinista para a máquina. A máquina respondeu com alegria.

A velha era nada. E olhava para o ar como se olha para Deus. Ela era feita de Deus. Isto é: tudo ou nada. A velha, pensou Angela, era vulnerável. Vulnerável para o amor, amor de seu filho. A mãe era franciscana, a filha era poluição.

Deus, pensou Angela, se você existe, se mostre! Porque chegou a hora. É nesta hora, é neste minuto e neste segundo.

E o resultado foi que ela teve que disfarçar as lágrimas que lhe vieram aos olhos. Deus de algum modo lhe respondera. Ela estava satisfeita e engoliu um soluço abafado. Como viver magoava. Viver era uma ferida aberta. Viver é ser como o meu cachorro. Ulisses não tem nada a ver com Ulisses de Joyce. Eu tentei ler Joyce mas parei porque ele era chato, desculpe, Eduardo. Só que um chato genial. Angela estava amando a velha que era nada, a mãe que lhe faltava. Mãe doce, ingênua e sofredora. Sua mãe que morrera quando ela fizera nove anos de idade. Mesmo doente mas com vida servia. Mesmo paralítica.

Entre ela e Eduardo o ar tinha gosto de sábado. E de súbito os dois eram raros, a raridade no ar. Eles se sentiam raros, não fazendo parte das mil pessoas que andavam pelas ruas. Os dois às vezes eram coniventes, tinham uma vida secreta porque ninguém os compreenderia. E mesmo porque os raros são perseguidos pelo povo que não tolera a insultante ofensa dos que se diferenciavam. Eles escondiam o amor deles para não ferir os olhos dos outros de inveja. Para não feri-los com uma centelha luminosa demais para os olhos.

Au, au, au, latira o meu cachorro. Meu grande cachorro.

A velha pensou: sou uma pessoa involuntária. Tanto que, quando ria – o que era raro – não se sabia se ria ou chorava. Sim. Ela era involuntária.

Enquanto isso Angela Pralini efervescendo como as bolhinhas da água mineral Caxambu, era uma: de repente. Assim: de repente. De repente o quê? Só de repente. Zero.

Nada. Estava com trinta e sete anos e pretendia a cada instante recomeçar sua vida. Como as bolhinhas efervescentes da água Caxambu. As sete letras de Pralini davam-lhe força. As seis letras de Angela tornavam-na anônima.

Com um longo apito uivado, chegava-se à pequena estação onde Angela Pralini saltaria. Pegou sua valise. No intervalo entre o boné do carregador e do nariz de uma jovem, lá estava a velha dormindo inflexível, a cabeça empertigada sob o chapéu de feltro, um punho fechado sobre o jornal.

Angela desceu do vagão.

Naturalmente isso não tinha a menor importância: há pessoas que são sempre levadas a se arrepender, é um traço de certas naturezas culpadas. Mas ficou-a perturbando a visão da velha quando acordasse, a imagem de seu rosto espantado diante do banco vazio de Angela. Afinal ninguém sabia se ela adormecera por confiança nela.

Confiança no mundo.

SECO ESTUDO DE CAVALOS

DESPOJAMENTO
O cavalo é nu.

FALSA DOMESTICAÇÃO
O que é cavalo? É liberdade tão indomável que se torna inútil aprisioná-lo para que sirva ao homem: deixa-se domesticar mas com um simples movimento de safanão rebelde de cabeça – sacudindo a crina como a uma solta cabeleira – mostra que sua íntima natureza é sempre bravia e límpida e livre.

FORMA
A forma do cavalo representa o que há de melhor no ser humano. Tenho um cavalo dentro de mim que raramente se exprime. Mas quando vejo outro cavalo então o meu se expressa. Sua forma fala.

DOÇURA
O que é que faz o cavalo ser de brilhante cetim? É a doçura de quem assumiu a vida e seu arco-íris. Essa doçura se objetiva no pelo macio que deixa adivinhar os elásticos músculos ágeis e controlados.

OS OLHOS DO CAVALO
Vi uma vez um cavalo cego: a natureza errara. Era doloroso senti-lo irrequieto, atento ao menor rumor provocado pela brisa nas ervas, com os nervos prestes a se eriçarem num arrepio que lhe percorria o corpo alerta. O que é que um cavalo vê a tal ponto que não ver o seu semelhante o torna perdido como de si próprio? É que – quando enxerga – vê fora de si o que está dentro de si. É um animal que se expressa pela forma. Quando vê montanhas, relvas, gente, céu – domina homens e a própria natureza.

SENSIBILIDADE
Todo cavalo é selvagem e arisco quando mãos inseguras o tocam.

ELE E EU
Tentando pôr em frases a minha mais oculta e sutil sensação – e desobedecendo à minha necessidade exigente de veracidade – eu diria: se pudesse ter escolhido queria ter nascido cavalo. Mas – quem sabe – talvez o cavalo ele-mesmo não sinta o grande símbolo da vida livre que nós sentimos nele. Devo então concluir que o cavalo seria sobretudo para ser sentido por mim? O cavalo representa a animalidade bela e

solta do ser humano? O melhor do cavalo o ente humano já tem? Então abdico de ser um cavalo e com glória passo para a minha humanidade. O cavalo me indica o que sou.

ADOLESCÊNCIA DA MENINA-POTRO
Já me relacionei de modo perfeito com cavalo. Lembro-me de mim-adolescente. De pé com a mesma altivez do cavalo e a passar a mão pelo seu pelo lustroso. Pela sua agreste crina agressiva. Eu me sentia como se algo meu nos visse de longe – Assim: "A Moça e o Cavalo."

O ALARDE
Na fazenda o cavalo branco – rei da natureza – lançava para o alto da acuidade do ar o seu longo relincho de esplendor.

O CAVALO PERIGOSO
Na cidadezinha do interior – que se tornaria um dia uma pequena metrópole – ainda reinavam os cavalos como proeminentes habitantes. Sob a necessidade cada vez mais urgente de transporte, levas de cavalos haviam invadido o lugarejo, e nas crianças ainda selvagens nascia o secreto desejo de galopar. Um baio novo dera coice mortal num menino que ia montá-lo. E o lugar onde a criança audaciosa morrera era olhado pelas pessoas numa censura que na verdade não sabiam a quem dirigir. Com as cestas de compras nos braços, as mulheres paravam olhando. Um jornal se inteirara do caso e leu-se com certo orgulho uma nota com o título de O Crime do Cavalo. Era o Crime de um dos filhos da cidadezinha. O lugarejo então já misturava a seu cheiro de estrebaria a consciência da força contida nos cavalos.

A RUA SECA DE SOL

Mas de repente – no silêncio do sol de duas horas da tarde e quase ninguém nas ruas do subúrbio – uma parelha de cavalos desembocou de uma esquina. Por um momento imobilizou-se de patas semierguidas. Fulgurando nas bocas como se não estivessem amordaçadas. Ali, como estátuas. Os poucos transeuntes que afrontavam o calor do sol olharam, duros, separados, sem entender em palavras o que viam. Entendiam apenas. Passado o ofuscamento da aparição – os cavalos encurvaram o pescoço, abaixaram as patas e continuaram seu caminho. Passara o instante de vislumbramento. Instante imobilizado como por uma máquina fotográfica que tivesse captado alguma coisa que jamais as palavras dirão.

NO PÔR DO SOL

Nesse dia, quando o sol já ia se pondo, o ouro se espalhou pelas nuvens e pelas pedras. Os rostos dos habitantes ficaram dourados como armaduras e assim brilhavam os cabelos desfeitos. Fábricas empoeiradas apitavam continuamente avisando o fim do dia de trabalho, a roda de uma carroça ganhou um nimbo dourado. Neste ouro pálido à brisa havia uma ascensão de espada desembainhada. Porque era assim que se erguia a estátua equestre da praça na doçura do ocaso.

NA MADRUGADA FRIA

Podia-se ver o morno bafo úmido – o bafo radioso e tranquilo que saía das narinas trêmulas extremamente vivas e frementes dos cavalos e cavalas em certas madrugadas frias.

NO MISTÉRIO DA NOITE

Mas à noite cavalos liberados das cargas e conduzidos à ervagem galopavam finos e soltos no escuro. Potros, rocins, alazões, longas éguas, cascos duros – de repente uma cabeça fria e escura de cavalo! – os cascos batendo, focinhos espumantes erguendo-se para o ar em ira e murmúrio. E às vezes uma longa respiração esfriava as ervas em tremor. Então o baio se adiantava. Andava de lado, a cabeça encurvada até o peito, cadenciado. Os outros assistiam sem olhar. Ouvindo o rumor dos cavalos, eu adivinhava os cascos secos avançando até estacarem no ponto mais alto da colina. E a cabeça a dominar a cidadezinha, lançando o longo relincho. O medo me tomava nas trevas do quarto, o terror de um rei, eu quereria responder com as gengivas à mostra em relincho. Na inveja do desejo meu rosto adquiria a nobreza inquieta de uma cabeça de cavalo. Cansada, jubilante, escutando o trote sonâmbulo. Mal eu saísse do quarto minha forma iria se avolumando e apurando, e, quando chegasse à rua, já estaria a galopar com patas sensíveis, os cascos escorregando nos últimos degraus da escada da casa. Da calçada deserta eu olharia: um canto e outro. E veria as coisas como um cavalo as vê. Essa era a minha vontade. Da casa eu procurava ao menos escutar o morro de pastagem onde nas trevas cavalos sem nome galopavam retornados ao estado de caça e guerra.

As bestas não abandonavam sua vida secreta que se processa durante a noite. E se no meio da ronda selvagem aparecia um potro branco – era um assombro no escuro. Todos estacavam. O cavalo prodigioso *aparecia*, era aparição. Mostrava-se empinado um instante. Imóveis os animais aguardavam sem se espiar. Mas um deles batia o casco – e a breve pancada quebrava a vigília: fustigados moviam-se de súbito álacres, entrecruzando-se sem jamais se esbarrarem e entre eles se perdia o cavalo branco. Até que um relincho de súbita cólera os advertia – por um segundo atentos, logo se espalhavam de novo em nova composição de trote, o dorso sem cavaleiros, os pescoços abaixados até o focinho tocar no peito. Eriçadas as crinas. Eles cadenciados, incultos.

Noite alta – enquanto os homens dormiam – vinha encontrá-los imóveis nas trevas. Estáveis e sem peso. Lá estavam eles invisíveis, respirando. Aguardando com a inteligência curta. Embaixo, na cidadezinha adormecida, um galo voava e empoleirava-se no bordo de uma janela. As galinhas espiavam. Além da ferrovia um rato pronto a fugir. Então o tordilho batia a pata. Não tinha boca para falar mas dava o pequeno sinal que se manifestava de espaço a espaço na escuridão. Eles espiavam. Aqueles animais que tinham um olho para ver de cada lado – nada precisava ser visto de frente por eles, e essa era a grande noite. Os flancos de uma égua percorridos por rápida contração. Nos silêncios da noite a égua esgazeava o olho como se estivesse rodeada pela eternidade. O potro mais inquieto ainda erguia a crina em surdo relincho. Enfim reinava o silêncio total.

Até que a frágil luminosidade da madrugada os revelava. Estavam separados, de pé sobre a colina. Exaustos, frescos. Tinham passado no escuro pelo mistério da natureza dos entes.

ESTUDO DO CAVALO DEMONÍACO

Nunca mais repousarei porque roubei o cavalo de caçada de um Rei. Eu sou agora pior do que eu mesma! Nunca mais repousarei: roubei o cavalo de caçada do Rei no enfeitiçado Sabath. Se adormeço um instante, o eco de um relincho me desperta. E é inútil tentar não ir. No escuro da noite o resfolegar me arrepia. Finjo que durmo mas no silêncio o ginete respira. Todos os dias será a mesma coisa: já ao entardecer começo a ficar melancólica e pensativa. Sei que o primeiro tambor na montanha do mal fará a noite, sei que o terceiro já me terá envolvido na sua trovoada. E no quinto tambor já estarei com a minha cobiça de cavalo fantasma. Até que de madrugada, aos últimos tambores levíssimos, me encontrarei sem saber como junto a um regato fresco, sem jamais saber o que fiz, ao lado da enorme cansada cabeça de cavalo.

Mas cansada de quê? Que fizemos, eu e o cavalo, nós os que trotam no inferno da alegria de vampiro? Ele, o cavalo do Rei, me chama. Tenho resistido em crise de suor e não vou. Da última vez em que desci de sua sela de prata, era tão grande a minha tristeza humana por eu ter sido o que não devia ser, que jurei que nunca mais. O trote porém continua em mim. Converso, arrumo a casa, sorrio, mas sei que o trote está em mim. Sinto falta dele como quem morre.

Não, não posso deixar de ir.

E sei que de noite, quando ele me chamar, irei. Quero que ainda uma vez o cavalo conduza o meu pensamento. Foi com ele que aprendi. Se é pensamento esta hora entre latidos. Começo a entristecer porque sei com o olho – oh sem querer! não é culpa minha! – com o olho sem querer já resplandecendo de mau regozijo – sei que irei.

Quando de noite ele me chamar para a atração do inferno, irei. Desço como um gato pelos telhados. Ninguém sabe, ninguém vê. Só os cães ladram pressentindo o sobrenatural.

E apresento-me no escuro ao cavalo que me espera, cavalo de realeza, apresento-me muda e em fulgor. Obediente à Besta.

Correm atrás de nós cinquenta e três flautas. À frente uma clarineta nos alumia, a nós, os despudorados cúmplices do enigma. E nada mais me é dado saber.

De madrugada eu nos verei exaustos junto ao regato, sem saber que crimes cometemos até chegar à inocente madrugada.

Na minha boca e nas suas patas a marca do grande sangue. O que tínhamos imolado?

De madrugada estarei de pé ao lado do ginete agora mudo, com o resto das flautas ainda escorrendo pelos cabelos. Os primeiros sinos de uma igreja ao longe nos arrepiam e nos afugentam, nós desvanecemos diante da cruz.

A noite é a minha vida com o cavalo diabólico, eu feiticeira do horror. A noite é minha vida, entardece, a noite pecadoramente feliz é a vida triste que é a minha orgia – ah rouba, rouba de mim o ginete porque de roubo em roubo até a madrugada eu já roubei para mim e para o meu parceiro fantástico, e da madrugada já fiz um pressentimento de terror de demoníaca alegria malsã.

Livra-me, rouba depressa o ginete enquanto é tempo, enquanto ainda não entardece, enquanto é dia sem trevas, se é que ainda há tempo, pois ao roubar o ginete tive que matar o Rei, e ao assassiná-lo roubei a morte do Rei. E a alegria orgíaca do nosso assassinato me consome em terrível prazer. Rouba depressa o cavalo perigoso do Rei, rouba-me antes que a noite venha e me chame.

ONDE ESTIVESTES DE NOITE

"As histórias não têm desfecho."
Alberto Dines

"O desconhecido vicia."
Fauzi Arap

"Sentado na poltrona, com a boca cheia de dentes, esperando a morte."
Raul Seixas

"O que vou anunciar é tão novo que receio ter todos os homens por inimigos, a tal ponto se enraízam no mundo os preconceitos e as doutrinas, uma vez aceitas."
William Harvey

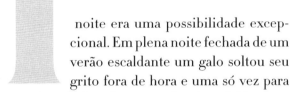a noite era uma possibilidade excepcional. Em plena noite fechada de um verão escaldante um galo soltou seu grito fora de hora e uma só vez para alertar o início da subida pela montanha. A multidão embaixo aguardava em silêncio.

Ele-ela já estava presente no alto da montanha, e ela estava personalizada no ele e o ele estava personalizado no ela. A mistura andrógina criava um ser tão terrivelmente belo, tão horrorosamente estupefaciente que os participantes não poderiam olhá-lo de uma só vez: assim como uma pessoa vai pouco a pouco se habituando ao escuro e aos poucos enxergando. Aos poucos enxergavam o Ela-ele e quando o Ele-ela lhes aparecia com uma claridade que emanava dela-dele, eles paralisados pelo que é Belo diriam: "Ah, Ah." Era uma exclamação que era permitida no silêncio da noite. Olhavam a assustadora beleza e seu perigo. Mas eles haviam vindo exatamente para sofrer o perigo.

Os pântanos se exalavam. Uma estrela de enorme densidade guiava-os. Eles eram o avesso do Bem. Subiam a montanha misturando homens, mulheres, duendes, gnomos e anões – como deuses extintos. O sino de ouro dobrava pelos suicidas. Fora da estrela graúda, nenhuma estrela. E não havia mar. O que havia do alto da montanha era escuridão. Soprava um vento noroeste. Ele-ela era um farol? A adoração dos malditos ia se processar.

Os homens coleavam no chão como grossos e moles vermes: subiam. Arriscavam tudo, já que fatalmente um dia iam morrer, talvez dentro de dois meses, talvez sete anos – fora isto que Ele-ela pensava dentro deles.

Olha o gato. Olha o que o gato viu. Olha o que o gato pensou. Olha o que era. Enfim, enfim, não havia símbolo, a "coisa" era! a coisa orgíaca. Os que subiam estavam à beira da verdade. Nabucodonosor. Eles pareciam 20 nabucodonosores. E na noite se desquitavam. Eles estão nos esperando. Era uma ausência – a viagem fora do tempo.

Um cão dava gargalhadas no escuro. "Tenho medo", disse a criança. "Medo de quê?", perguntava a mãe. "De meu cão." "Mas você não tem cão." "Tenho sim." Mas depois a criancinha também gargalhou chorando, misturando lágrimas de riso e de espanto.

Afinal chegaram, os malditos. E olharam aquela sempiterna Viúva, a grande Solitária que fascinava todos, e os homens e mulheres não podiam resistir e queriam aproximar-se dela para amá-la morrendo mas ela com um gesto mantinha todos à distância. Eles queriam amá-la de um amor estranho que vibra em morte. Não se incomodavam de amá-la morrendo. O manto de Ela-ele era de sofrida cor roxa. Mas as mercenárias do sexo em festim procuravam imitá-la em vão.

Que horas seria? ninguém podia viver no tempo, o tempo era indireto e por sua própria natureza sempre inalcançável. Eles já estavam com as articulações inchadas, os estragos roncavam nos estômagos cheios de terra, os lábios túmidos e no entanto rachados – eles subiam a encosta. As trevas eram de um som baixo e escuro como a nota mais escura de um violoncelo. Chegaram. O Mal-Aventurado, o Ele-ela, diante da adoração de reis e vassalos, refulgia como uma iluminada águia gigantesca. O silêncio pululava de respirações ofegantes. A visão era de bocas entreabertas pela sensualidade que quase os paralisava de tão grossa. Eles se sentiam salvos do Grande Tédio.

O morro era de sucata. Quando a Ela-ele parava um instante, homens e mulheres, entregues a eles próprios por um instante, diziam-se assustados: eu não sei pensar. Mas o Ele-ela pensava dentro deles.

Um arauto mudo de clarineta aguda anunciava a notícia. Que notícia? a da bestialidade? Talvez no entanto fosse o seguinte: a partir do arauto cada um deles começou a "se sentir", a sentir a si próprio. E não havia repressão: livres!

Aí eles começaram a balbuciar mas para dentro porque a Ela-ele era cáustica quanto a não disturbarem uns aos outros na sua lenta metamorfose. "Sou Jesus! sou judeu!", gritava em silêncio o judeu pobre. Os anais da astronomia nunca registraram nada como este espetacular cometa, recentemente descoberto – sua cauda vaporosa se arrastará por milhões de quilômetros no espaço. Sem falar no tempo.

Um anão corcunda dava pulinhos como um sapo, de uma encruzilhada a outra – o lugar era de encruzilhadas. De repente as estrelas apareceram e eram brilhantes e diamantes no céu escuro. E o corcunda-anão dava pulos, os mais altos que conseguia para alcançar os brilhantes que sua cobiça despertava. Cristais! Cristais! gritou ele em pensamentos que eram saltitantes como os pulos.

A latência pulsava leve, ritmada, ininterrupta. Todos eram tudo em latência. "Não há crime que não tenhamos cometido em pensamento": Goethe. Uma nova e não autêntica história brasileira era escrita no estrangeiro. Além disso, os pesquisadores nacionais se queixavam da falta de recursos para o trabalho.

A montanha era de origem vulcânica. E de repente o mar: a revolta rebentação do Atlântico lhes enchia os ouvidos. E o cheiro salgado do mar fecundava-os e triplicava-os em monstrinhos.

O corpo humano pode voar? A levitação. Santa Tereza d'Ávila: "Parecia que uma grande força me erguia no ar. Isso me provocava um grande medo." O anão levitava por segundos mas gostava e não tinha medo.

– Como é que você se chama, disse mudo o rapaz, para eu chamar você a vida inteira. Eu gritarei seu nome.

– Eu não tenho nome lá embaixo. Aqui tenho o nome de Xantipa.

– Ah, quero gritar Xantipa! Xantipa! Olhe, eu estou gritando para dentro. E qual é o seu nome durante o dia?

– Acho que é... é... parece que é Maria Luísa.

E estremeceu como um cavalo se eriça. Caiu exangue no chão. Ninguém assassinava ninguém porque já eram assassinados. Ninguém queria morrer e não morria mesmo.

Enquanto isso – delicada, delicada – o Ele-ela usava um timbre. A cor do timbre. Porque eu quero viver em abundância e trairia o meu melhor amigo em troca de mais vida do que se pode ter. Essa procura, essa ambição. Eu desprezava os preceitos dos sábios que aconselham a moderação e a pobreza de alma – a simplificação de alma, segundo minha própria experiência, era a santa inocência. Mas eu lutava contra a tentação.

Sim. Sim: cair até a abjeção. Eis a ambição deles. O som era o arauto do silêncio. Porque nenhum poderia se deixar possuir por Aquele-aquela-sem-nome.

Eles queriam fruir o proibido. Queriam elogiar a vida e não queriam a dor que é necessária para se viver, para se sentir e para amar. Eles queriam sentir a imortalidade terrífica. Pois o proibido é sempre o melhor. Eles ao mesmo tempo não se incomodavam de talvez cair no enorme buraco da morte. E a vida só lhes era preciosa quando gritavam e gemiam. Sentir a força do ódio era o que eles melhor queriam. Eu me chamo povo, pensavam.

– Que é que eu faço para ser herói? Porque nos templos só entram heróis.

E no silêncio de repente o seu grito uivado que não se sabia se de amor ou dor mortal, o herói cheirando mirra, incenso e benjoim.

Ele-ela cobria a sua nudez com um manto lindo mas como uma mortalha, mortalha púrpura, agora vermelho-catedral. Em noites sem lua Ela-ele virava coruja. Comerás teu irmão, disse ela no pensamento dos outros, e na hora selvagem haverá um eclipse do sol.

Para não se traírem eles ignoravam que hoje era ontem e haveria amanhã. Soprava no ar uma transparência como igual homem nenhum havia respirado antes. Mas eles espargiam pimenta em pó nos próprios órgãos genitais e se contorciam de ardor. E de repente o ódio. Eles não matavam uns aos outros mas sentiam tão implacável ódio que era como um dardo lançado num corpo. E se rejubilavam danados pelo que sentiam. O ódio era um vômito que os livrava de vômito maior, o vômito da alma.

Ele-ela com as sete notas musicais conseguia o uivo. Assim como com as mesmas sete notas podia criar música sacra. Ouviram eles dentro deles o dó-ré-mi-fá-sol-lá-si, o "si" macio e agudíssimo. Eles eram independentes e soberanos, apesar de guiados pelo Ele-ela. Rugindo a morte nos porões escuros. Fogo, grito, cor, vício, cruz. Estou vigilante no mundo: de noite vivo e de dia durmo, esquivo. Eu, com faro de cão, orgiático.

Quanto a eles, cumpriam rituais que os fiéis executam sem entender-lhes os mistérios. O cerimonial. Com um gesto leve Ela-ele tocou numa criança fulminando-a e todos disseram: amém. A mãe deu um uivo de lobo: ela toda morta, ela, também.

Mas era para ter supersensações que para ali se subia. E era sensação tão secreta e tão profunda que o júbilo faiscava no ar. Eles queriam a força superior que reina no mundo através dos séculos. Tinham medo? Tinham. Nada substituía a riqueza do silencioso pavor. Ter medo era a amaldiçoada glória da escuridão, silente como uma Lua.

Aos poucos se habituavam ao escuro e a Lua, antes escondida, toda redonda e pálida, tinha lhes abrandado a subida. Eram trevas quando um por um subira "a montanha", como chamavam o planalto um pouco mais elevado. Tinham se apoiado no chão para não cair, pisando em árvores secas e ásperas, pisando em cactos espinhosos. Era um medo irresistivelmente atraente, eles prefeririam morrer que abandoná-lo. O Ele-ela era-lhes como a Amante. Mas se algum ousasse por ambição tocá-la era congelado na posição em que estivesse.

Ele-ela contou-lhes dentro de seus cérebros – e todos ouviram-na dentro de si – o que acontecia a uma pessoa quando esta não atendia ao chamado da noite: acontecia que na cegueira da luz do dia a pessoa vivia na carne aberta e nos olhos ofuscados pelo pecado da luz – a pessoa vivia sem anestesia o terror de se estar vivo. Não há nada a temer, quando não se tem medo. Era a véspera do apocalipse. Quem era o rei da Terra? Se você abusa do poder que você conquistou, os mestres o castigarão. Cheios do terror de uma feroz alegria eles se abaixavam e às gargalhadas comiam ervas daninhas do chão e as gargalhadas reboavam de escuridões a escuridões com seus ecos. Um cheiro sufocante de rosas enchia de peso o ar, rosas malditas na sua força de natureza doida, a mesma natureza que inventava as cobras e os ratos e pérolas e crianças – a natureza doida que ora era noite em trevas, ora o dia de luz. Esta carne que se move apenas porque tem espírito.

Das bocas escorria saliva grossa, amarga e untuosa, e eles se urinavam sem sentir. As mulheres que haviam parido recentemente apertavam com violência os próprios seios e dos bicos um grosso leite preto esguichava. Uma mulher cuspiu com força na cara de um homem e o cuspe áspero escorreu-lhe da face até a boca – avidamente ele lambeu os lábios.

Estavam todos soltos. A alegria era frenética. Eles eram o harém do Ele-ela. Tinham caído finalmente no impossível. O misticismo era a mais alta forma de superstição.

O milionário gritava: quero o poder! poder! quero que até os objetos obedeçam as minhas ordens! E direi: move-te, objeto! e ele por si só se moverá.

A mulher velha e desgrenhada disse para o milionário: quer ver como você não é milionário? Pois vou te dizer: você não é o dono do próximo segundo de vida, você pode morrer sem saber. A morte te humilhará. O milionário: Eu quero a verdade, a verdade pura!

A jornalista fazendo uma reportagem magnífica da vida crua. Vou ganhar fama internacional como a autora de *O exorcista* que não li para não me influenciar. Estou vendo direto a vida crua, eu a estou vivendo.

Eu sou solitário, se disse o masturbador.

Estou em espera, espera, nada jamais me acontece, já desisti de esperar. Eles bebiam o amargo licor das ervas ásperas.

– Eu sou um profeta! eu vejo o além! se gritava um rapaz.

Padre Joaquim Jesus Jacinto – tudo com jota porque a mãe dele gostava da letra jota.

Era dia trinta e um de dezembro de 1973. O horário astronômico seria aferido pelos relógios atômicos, cujo atraso é de apenas um segundo a cada três mil e trezentos anos.

A outra deu para espirrar, um espirro atrás do outro, sem parar. Mas ela gostava. A outra se chamava J.B.

– Minha vida é um verdadeiro romance! gritava a escritora falida.

O êxtase era reservado para o Ele-ela. Que de repente sofreu a exaltação do corpo, longamente. Ela-ele disse: parem! Porque ela se endemoniava por sentir o gozo do Mal. Eles todos através dela gozavam: era a celebração da Grande Lei. Os eunucos faziam uma coisa que era proibido olhar. Os outros, através de Ela-ele, recebiam frementes as ondas do orgasmo – mas só ondas porque não tinham força de, sem se destruírem, receber tudo. As mulheres pintavam a boca de roxo como se fosse fruta esmagada pelos afiados dentes.

O Ela-ele contou-lhes o que acontecia quando não se iniciava na profetização da noite. Estado de choque. Por exemplo: a moça era ruiva e como se não bastasse era vermelha por dentro e além disso daltônica. Tanto que no seu pequeno apartamento havia uma cruz verde sobre fundo vermelho: ela confundia as duas cores. Como é que começara o seu terror? Ouvindo um disco ou o silêncio reinante ou passos no andar de cima – e ei-la aterrorizada. Com medo do espelho que a refletia. Defronte tinha um armário e a impressão era que as roupas se mexiam dentro dele. Aos poucos ia restringindo o apartamento. Tinha medo até de sair da cama. A impressão de que iam agarrar o seu pé embaixo da cama. Era magríssima. O seu nome era Psiu, nome vermelho. Tinha medo de acender a luz no escuro e encontrar a fria lagartixa que morava com ela. Sentia com aflição os dedinhos gelados e brancos da lagartixa. Procurava avidamente no jornal as páginas policiais, notícias do que estava acontecendo. Sempre aconteciam coisas apavorantes para pessoas, como ela, que viviam só e eram assaltadas de noite. Tinha na parede um quadro que era o de um homem que a fixava bem nos olhos, vigiando-a. Essa figura ela imaginava que a seguia por todos os cantos da casa. Tinha medo pânico de ratos. Preferiria morrer a entrar em contato com eles. No entanto ouvia os guinchos deles. Chegava a sentir-lhes as mordidas nos pés. Acordava sempre sobressaltada, suando frio. Ela era um bicho acuado. Normalmente dialogava consigo mesma. Dava prós e contras e sempre quem perdia era ela. Sua vida era uma constante subtração de si mesma. Tudo isso porque não atendeu ao chamado da sirene.

O Ele-ela só deixava mostrar o rosto de andrógina. E dele se irradiava tal cego esplendor de doido que os outros fruíam a própria loucura. Ela era o vaticínio e a dissolução e já nascera tatuada. O ar todo cheirava agora a fatal jasmim e era tão forte que alguns vomitavam as próprias entranhas. A Lua estava plena no céu. Quinze mil adolescentes esperavam que espécie de homem e mulher eles iriam ser.

Então Ela-ele disse:

– Comerei o teu irmão e haverá um eclipse total e o fim do mundo.

De vez em quando ouvia-se um longo relincho e não se via cavalo nenhum. Sabia-se apenas que com sete notas musicais fazem-se todas as músicas que existem e que existiam e que existirão. Da Ela-ele emanava-se forte cheiro de jasmim esmagado porque era noite de Lua cheia. O catimbó ou a feitiçaria. Max Ernst quando criança foi confundido com o Menino Jesus numa procissão. Depois provocava escândalos artísticos. Tinha uma paixão ilimitada pelos homens e uma imensa e poética liberdade. Mas por que estou falando nisso? Não sei. "Não sei" é uma resposta ótima.

O que fazia Thomas Edison, tão inventor e livre, no meio deles que eram comandados por Ele-ela?

Gregotins, pensou o estudante perfeito, era a palavra mais difícil da língua.

Escutai! os anjos anunciadores cantam!

O judeu pobre gritava mudo e ninguém o ouviu, o mundo inteiro não o ouvia. Ele disse assim: tenho sede, suor e lágrimas! e para saciar a minha sede bebo meu suor e minhas próprias lágrimas salgadas. Eu não como porco! sigo a Torah! mas dai-me alívio, Jeová, que se parece demais comigo!

Jubileu de Almeida ouvia o rádio de pilha, sempre. "O mingau mais gostoso é feito com Cremogema." E depois anunciava, de Strauss, uma valsa que por incrível que parecesse chamava-se "O pensador livre". É verdade, existe mesmo, eu ouvi. Jubileu era dono do Ao Bandolim de Ouro, loja de instrumentos musicais quase falida, e era tarado por valsas de Strauss. Era viúvo, ele, quer dizer Jubileu. Seu rival era O Clarim, concorrente na rua Gomes Freire ou Frei Caneca. Jubileu era também afinador de pianos.

Todos ali estavam prestes a se apaixonar. Sexo. Puro sexo. Eles se freavam. A Rumânia era um país perigoso: ciganos.

Faltava petróleo no mundo. E, sem petróleo, faltava comida. Carne, sobretudo. E sem carne eles se tornavam terrivelmente carnívoros.

"Aqui, Senhor, encomendo a minha alma", dissera Cristóvão Colombo ao morrer, vestido com o hábito franciscano. Ele não comia carne. Se santificava, Cristóvão Colombo, o descobridor das ondas, e que descobriu S. Francisco de Assis. Hélas! ele morrera. Onde estás agora? onde? pelo amor de Deus, responde!

De repente e bem de leve – fiat lux.

Houve uma debandada assustadiça como de pardais.

Tudo tão rápido que mais parecia terem se esvanecido.

Na mesma hora estavam ora deitados na cama a dormir, ora já despertos. O que existira era silêncio. Eles não sabiam de nada. Os anjos da guarda – que tinham tirado um descanso já que todos estavam na cama sossegados – despertavam frescos, bocejando ainda, mas já protegendo os seus pupilos.

Madrugada: o ovo vinha rodopiando bem lento do horizonte para o espaço. Era de manhã: uma moça loura, casada com rapaz rico, dá à luz um bebê preto. Filho do demônio da noite? Não se sabe. Apuros, vergonha.

Jubileu de Almeida acordou como pão dormido: chocho. Desde pequeno fora murcho assim. Ligou o rádio e ouviu: "Sapataria Morena onde é proibido vender caro." Iria lá, estava precisando de sapatos. Jubileu era albino, negro aço com cílios amarelos quase brancos. Ele estalou um ovo na frigideira. E pensou: se eu pudesse algum dia ouvir "O pensador livre", de Strauss, eu seria recompensado na minha solidão. Só ouvira essa valsa uma única vez, não se lembrava quando.

O poderoso queria no seu breakfast comer caviar dinamarquês às colheradas, estalando com os dentes agudos as bolinhas. Ele era do Rotary Club e da Maçonaria e do Diners Club. Tinha o requinte de não comer caviar russo: era um modo de derrotar a poderosa Rússia.

O judeu pobre acorda e bebe água da bica sofregamente. Era a única água que tinha nos fundos da pensão baratíssima onde morava: uma vez veio uma barata nadando no feijão ralo. As prostitutas que lá moravam nem reclamavam.

O estudante perfeito, que não desconfiava que era um chato, pensou: qual era a palavra mais difícil que existia? Qual era? Uma que significava adornos, enfeites, atavios? Ah, sim, gregotins. Decorou a palavra para escrevê-la na próxima prova.

Quando começou a raiar o dia todos estavam na cama sem parar de bocejar. Quando acordavam, um era sapateiro, um estava preso por estupro, uma era dona de casa, dando ordens à cozinheira, que nunca chegava atrasada, outro era banqueiro, outro era secretário etc. Acordavam, pois, um pouco cansados, satisfeitos pela noite tão profunda de sono. O sábado tinha passado e hoje era domingo. E muitos foram à missa celebrada por padre Jacinto que era o padre da moda: mas nenhum se confessou, já que não tinham nada a confessar.

A escritora falida abriu o seu diário encadernado de couro vermelho e começou a anotar assim: "7 de julho de 1974. Eu, eu, eu, eu, eu, eu, eu! Nesta bela manhã de um sol de domingo, depois de ter dormido muito mal, eu, apesar de tudo, aprecio as belezas maravilhosas da Natureza-mãe. Não vou à praia porque sou gorda demais e esta é uma infelicidade para quem aprecia tanto as ondas verdezitas do Mar! Eu me revolto! Mas não consigo fazer regime: morro de fome. Gosto de viver perigosamente. Tua língua viperina será cortada pela tesoura da complacência."

De manhã: agnus dei. Bezerro de ouro? Urubu.

O judeu pobre: livrai-me do orgulho de ser judeu!

A jornalista de manhã bem cedo telefona para sua amiga:

– Claudia, me desculpe telefonar num domingo a esta hora! Mas acordei com uma inspiração fabulosa: vou escrever um livro sobre Magia Negra! Não, não li o tal do *Exorcista*, porque me disseram que é má literatura e não quero que pensem que estou indo na onda dele. Você já pensou bem? o ser humano sempre tentou se comunicar com o sobrenatural desde o antigo Egito com o segredo das Pirâmides, passando pela Grécia com seus deuses, passando por Shakespeare no Hamlet. Pois eu também vou entrar nessa. E, por Deus, vou ganhar essa parada!

Havia em muitas casas do Rio o cheiro de café. Era domingo. E o rapaz ainda na cama, cheio de torpor, ainda mal acordado, se disse: mais um domingo de tédio. Com o que havia sonhado mesmo? Sei lá, respondeu-se, se sonhei, sonhei com mulher.

Enfim, o ar clareia. E o dia de sempre começa. O dia bruto. A luz era maléfica: instaurava-se o mal-assombrado dia diário. Uma religião se fazia necessária: uma religião que não tivesse medo do amanhã. Eu quero ser invejado. Eu quero o estupro, o roubo, o infanticídio, e o desafio meu é forte. Queria ouro e fama, desprezava até o sexo: amava depressa e não sabia o que era o amor. Quero o ouro mau. Profanação. Vou ao meu extremo. Depois da festa – que festa? noturna? – depois da festa, desolação.

Havia o observador que escreveu assim no caderno de notas: "O progresso e todos os fenômenos que o cercam parece participar intimamente dessa lei de aceleração geral, cósmica e centrífuga que arrasta a civilização ao 'progresso máximo', a fim de que em seguida venha a queda. Uma queda ininterrupta ou uma queda rapidamente contida? Aí está o problema: não podemos saber se esta sociedade se destruirá completamente ou se conhecerá apenas uma interrupção brusca e depois a retomada de sua marcha." E depois: "O Sol diminuiria seus efeitos sobre a Terra e provocaria o início de um novo período glacial que poderia durar no mínimo dez mil anos." Dez mil anos era muito e assustava. Eis o que acontece quando alguém escolhe, por medo da noite escura, viver a superficial luz do dia. É que o sobrenatural, divino ou demoníaco, é uma tentação desde o Egito, passando pela Idade Média até os romances baratos de mistério.

O açougueiro, que nesse dia só trabalhava das oito às onze horas, abriu o açougue: e parou embriagado de prazer ao cheiro de carnes e carnes cruas, cruas e sangrentas. Era o único que de dia continuava à noite.

Padre Jacinto estava na moda porque ninguém como ele erguia tão limpidamente a taça e bebia com sagrada unção e pureza, salvando todos, o sangue de Jesus, que era o Bem. Com delicadeza as mãos pálidas num gesto de oferenda.

O padeiro como sempre acordou às quatro horas e começou a fazer a massa de pão. De noite amassar ao Diabo?

Um anjo pintado por Fra Angélico, século XV, voejava pelos ares: era a clarineta anunciadora da manhã. Os postes de luz elétrica não tinham ainda sido apagados e lustravam-se empalidecidos. Postes. A velocidade come os postes quando se está correndo de carro.

O masturbador de manhã: meu único amigo fiel é meu cão. Ele não confiava em ninguém, sobretudo em mulher.

A que bocejara a noite toda e dissera: "t'isconjuro, mãe de santo!" começou a se coçar e a bocejar. Diabo, disse ela.

O poderoso – que cuidava de orquídeas, catleias, lélias e oncídios – apertou impaciente a campainha para chamar o mordomo que lhe trouxesse o já atrasado breakfast. O mordomo adivinhava-lhe os pensamentos e sabia quando lhe trazer os galgos dinamarqueses para serem rapidamente acariciados.

Aquela que de noite gritava "estou em espera, em espera, em espera", de manhã, toda desgrenhada disse para o leite na leiteira que estava no fogo:

– Eu te pego, seu porcaria! Quero ver se tu te mancas e ferves na minha cara, minha vida é esperar. É sabido que se eu desviar um instante o olhar do leite, esse desgraçado vai aproveitar para ferver e entornar. Como a morte que vem quando não se espera.

Ela esperou, esperou e o leite não fervia. Então, desligou o gás.

No céu o mais leve arco-íris: era o anúncio. A manhã como uma ovelha branca. Pomba branca era a profecia. Manjedoura. Segredo. A manhã preestabelecida. Ave-Maria, gratia plena, dominus tecum. Benedicta tu in mulieribus et benedictum frutus ventri tui Jesus. Sancta Maria Mater Dei ora pro nobis pecatoribus. Nunca et ora nostrae morte Amem.

Padre Jacinto ergueu com as duas mãos a taça de cristal que contém o sangue escarlate de Cristo. Eta vinho bom. E uma flor nasceu. Uma flor leve, rósea, com perfume de Deus. Ele-ela há muito sumira no ar. A manhã estava límpida como coisa recém-lavada.

AMÉM
Os fiéis distraídos fizeram o sinal da Cruz.
AMÉM
DEUS
FIM

Epílogo:
Tudo o que escrevi é verdade e existe. Existe uma mente universal que me guiou. Onde estivestes de noite? Ninguém sabe. Não tentes responder – pelo amor de Deus. Não quero saber da resposta. Adeus. A-Deus.

O RELATÓRIO
DA COISA

sta coisa é a mais difícil de uma pessoa entender. Insista. Não desanime. Parecerá óbvio. Mas é extremamente difícil de se saber dela. Pois envolve o tempo.

Nós dividimos o tempo quando ele na realidade não é divisível. Ele é sempre e imutável. Mas nós precisamos dividi-lo. E para isso criou-se uma coisa monstruosa: o relógio.

Não vou falar sobre relógios. Mas sobre um determinado relógio. O meu jogo é aberto: digo logo o que tenho a dizer e sem literatura. Este relatório é a antiliteratura da coisa.

O relógio de que falo é eletrônico e tem despertador. A marca é Sveglia, o que quer dizer "acorda". Acorda para o quê, meu Deus? Para o tempo. Para a hora. Para o instante. Esse relógio não é meu. Mas apossei-me de sua infernal alma tranquila.

Não é de pulso: é solto portanto. Tem dois centímetros e fica de pé na superfície da mesa. Eu queria que ele se chamasse Sveglia mesmo. Mas a dona do relógio quer que se chame Horácio. Pouco importa. Pois o principal é que ele é o tempo.

Seu mecanismo é muito simples. Não tem a complexidade de uma pessoa mas é mais gente do que gente. É super-homem? Não, vem diretamente do planeta Marte, ao que parece. Se é de lá que ele vem então um dia para lá voltará. É tolo dizer que ele não precisa de corda, isso já acontece com outros relógios, como o meu que é de pulso, é antichoque, pode-se molhar à vontade. Esses até que são mais que gente. Mas pelo menos são da Terra. O Sveglia é de Deus. Foram usados cérebros humanos divinos para captar o que devia ser este relógio. Estou escrevendo sobre ele mas ainda não o vi. Vai ser o Encontro. Sveglia: acorda, mulher, acorda para ver o que tem que ser visto. É importante estar acordada para ver. Mas é também importante dormir para sonhar com a falta de tempo. Sveglia é o Objeto, é a Coisa, com letra maiúscula. Será que o Sveglia me vê? Vê, sim, como se eu fosse um outro objeto. Ele reconhece que às vezes a gente também vem de Marte.

Estão me acontecendo coisas, depois que soube do Sveglia, que mais parecem um sonho. Acorda-me, Sveglia, quero ver a realidade. Mas é que a realidade parece um sonho. Estou melancólica porque estou feliz. Não é paradoxo. Depois do ato do amor não dá uma certa melancolia? A da plenitude. Estou com vontade de chorar. Sveglia não chora. Aliás ele não tem circunstâncias. Será que a energia dele tem peso? Dorme, Sveglia, dorme um pouco, eu não suporto a tua vigília. Você não para de ser. Você não sonha. Não se pode dizer que você "funciona": você não é funcionamento, você apenas é.

Você é todo magro. E nada lhe acontece. Mas é você que faz acontecerem as coisas. Me aconteça, Sveglia, me aconteça. Estou precisando de um determinado acontecimento sobre o qual não posso falar. E dá-me de volta o desejo, que é a mola da vida animal. Eu não te quero para mim. Não gosto de ser vigiada. E você é o olho único aberto sempre como olho solto no espaço. Você não me quer mal mas também não me quer bem. Será que também eu estou ficando assim, sem sentimento de amor? Sou uma coisa? Sei que estou com pouca capacidade de amar. Minha capacidade de amar foi pisada demais, meu Deus. Só me resta um fio de desejo. Eu *preciso* que este se fortifique. Porque não é como você pensa, que só a morte importa. Viver, coisa que você não conhece porque é apodrecível – viver apodrecendo importa muito. Um viver seco: um viver o essencial.

Se ele se quebrar, pensam que morreu? Não, foi simplesmente embora de si mesmo. Mas você tem fraquezas, Sveglia. Eu soube pela tua dona que você precisa de uma capa de couro para protegê-lo contra a umidade. Soube também, em segredo, que você uma vez parou. A dona não se afobou. Deu "a ele-nele" umas mexidinhas muito das simples e você nunca mais parou. Eu te entendo, eu te perdoo: você veio da Europa e precisa um mínimo de tempo para se aclimatar, não é? Quer dizer que você também morre, Sveglia? Você é o tempo que para?

Já ouvi o Sveglia, por telefone, dar o alarma. É como dentro da gente: a gente acorda-se de dentro para fora. Parece que seu eletrônico-Deus se comunica com o nosso cérebro eletrônico-Deus: o som é macio, sem a menor estridência. Sveglia marcha como um cavalo branco solto e sem sela.

Eu soube de um homem que possuía um Sveglia e a quem aconteceu Sveglia. Ele estava andando com o filho de dez anos, de noite, e o filho disse: cuidado, pai, tem macumba aí. O pai recuou – mas não é que pisou em cheio na vela acesa, apagando-a? Não parece ter acontecido nada, o que também é muito de Sveglia. O homem foi dormir. Quando acordou viu que um de seus pés estava inchado e negro. Chamou amigos médicos que não viram nenhuma marca de ferimento: o pé estava intacto – só preto e muito inchado, daquele inchado que deixa a pele toda esticada. Os médicos chamaram mais colegas. E decidiram nove médicos que era gangrena. Tinham que amputar o pé. Marcou-se para o dia seguinte e com hora certa. O homem dormiu.

E teve um sonho terrível. Um cavalo branco queria agredi-lo e ele fugia como um louco. Passava-se tudo isso no Campo de Santana. O cavalo branco era lindo e enfeitado com prata. Mas não houve jeito. O cavalo pegou-o bem no pé, pisando-o. Aí o homem acordou gritando. Pensaram que estava nervoso, explicaram que isso acontecia perto de uma operação, deram-lhe um sedativo, ele dormiu de novo. Quando acordou, olhou logo para o pé. Surpreso: o pé estava branco e de tamanho normal. Vieram os nove médicos e não souberam explicar. Eles não conheciam o enigma do Sveglia contra o qual só um cavalo branco pode lutar. Não havia mais motivo de operação. Só que não pode se apoiar nesse pé: fraquejava. Era a marca do cavalo de arreios de prata, da vela apagada, do Sveglia. Mas Sveglia quis ser vitorioso e aconteceu uma coisa. A mulher desse homem, em perfeito estado de saúde, na mesa do jantar, começou a sentir fortes dores nos intestinos. Interrompeu o jantar e foi se deitar. O marido preocupadíssimo foi vê-la. Estava branca, exangue. Tomou-lhe o pulso: não havia. O único sinal de vida é que sua testa se perlava de suor. Chamou-se o médico que disse talvez ser caso de catalepsia. O marido não se conformou. Descobriu-lhe a barriga e fez sobre ela movimentos simples – como ele mesmo os fizera quando Sveglia parara – movimentos que ele não sabia explicar.

A mulher abriu os olhos. Estava em saúde perfeita. E está viva, que Deus a guarde.

Isso tem a ver com Sveglia. Não sei como. Mas que tem, tem. E o cavalo branco do Campo de Santana, que é praça de passarinhos, pombos e quatis? Todo paramentado, com enfeites de prata, de crina altiva e eriçada. Correndo ritmadamente contra o ritmo de Sveglia. Correndo sem pressa.

Estou em perfeita saúde física e mental. Mas uma noite eu estava dormindo profundamente e me ouviram dizer bem alto: eu quero ter um filho com Sveglia!

Eu creio no Sveglia. Ele não crê em mim. Acha que minto muito. E minto mesmo. Na Terra se mente muito.

Eu passei cinco anos sem me gripar: isso é Sveglia. E quando me gripei durou três dias. Depois ficou uma tosse seca. Mas o médico me receitou antibiótico e curei-me. Antibiótico é Sveglia.

Este é um relatório. Sveglia não admite conto ou romance o que quer que seja. Permite apenas transmissão. Mal admite que eu chame isto de relatório. Chamo de relatório do mistério. E faço o possível para fazer um relatório seco como champanha ultrasseco. Mas às vezes – me desculpem – fica molhado. Uma coisa seca é de prata de lei. Ouro já é molhado. Poderia eu falar em diamante em relação a Sveglia?

Não, ele apenas é. E na verdade Sveglia não tem nome íntimo: conserva o anonimato. Aliás Deus não tem nome: conserva o anonimato perfeito: não há língua que pronuncie o seu nome verdadeiro.

Sveglia é burro: ele age clandestinamente sem meditar. Vou agora dizer uma coisa muito grave que vai parecer heresia: Deus é burro. Porque ele não entende, ele não pensa, ele é apenas. É verdade que é de uma burrice que executa-se a si mesma. Mas Ele comete muitos erros. E sabe que os comete. Basta olharmos para nós mesmos que somos um erro grave. Basta ver o modo como nos organizamos em sociedade e intrinsecamente, de si para si. Mas um erro Ele não comete: Ele não morre.

Sveglia também não morre. Ainda não vi o Sveglia, como já disse. Talvez seja molhado vê-lo. Sei tudo a respeito dele. Mas a dona dele não quer que eu o veja. Tem ciúme. Ciúme chega a pingar de tão molhado. Aliás, nossa Terra corre o risco de vir a ser molhada de sentimentos. O galo é Sveglia. O ovo é puro Sveglia. Mas só o ovo inteiro, completo, branco, de casca seca, todo oval. Por dentro dele é vida; vida molhada. Mas comer gema crua é Sveglia.

Querem ver quem é Sveglia? Jogo de futebol. Mas já Pelé não é. Por quê? Impossível explicar. Talvez ele não tenha respeitado o anonimato.

Briga é Sveglia. Acabo de ter uma com a dona do relógio. Eu disse: já que você não quer me deixar ver Sveglia, descreva-me os seus discos. Então ela ficou furiosa – e isso é Sveglia – e disse que estava cheia de problemas – ter problemas não é Sveglia. Então tentei acalmá-la e ficou tudo bem. Amanhã não lhe telefonarei. Deixarei ela descansar.

Parece-me que escreverei sobre o eletrônico sem jamais vê-lo. Parece que vai ter que ser assim. É fatal.

Estou com sono. Será que é permitido? Sei que sonhar não é Sveglia. O número é permitido. Embora o seis não seja. Raríssimos poemas são permitidos. Romance, então, nem se fala. Tive uma empregada por sete dias, chamada Severina, e que tinha passado fome em criança. Perguntei-lhe se estava triste. Disse que não era alegre nem triste: era assim mesmo. Ela era Sveglia. Mas eu não era e não pude suportar a ausência de sentimento.

Suécia é Sveglia.

Mas agora vou dormir embora não deva sonhar.

Água, apesar de ser molhada por excelência, é. Escrever é. Mas estilo não é. Ter seios é. O órgão masculino é demais. Bondade não é. Mas a não-bondade, o dar-se, é. Bondade não é o oposto da maldade.

Estarei escrevendo molhado? Acho que sim. Meu sobrenome é. Já o primeiro é doce demais, é para o amor. Não ter nenhum segredo – e no entanto manter o enigma – é Sveglia. Na pontuação as reticências não são. Se alguém entender este meu irrevelado relatório e preciso, esse alguém é. Parece que eu não sou eu, de tanto eu que sou. O Sol é, a Lua não. Minha cara é. Provavelmente a sua também é. Uísque é. E, por incrível que pareça, Coca-cola é, enquanto Pepsicola nunca foi. Estou fazendo propaganda de graça? Isto está errado, ouviu, Coca-cola?

Ser fiel é. O ato do amor contém em si um desespero que é.

Agora vou contar uma história. Mas antes quero dizer que quem me contou essa história foi uma pessoa que, apesar de bondosíssima, é Sveglia.

Agora estou quase morrendo de cansaço. Sveglia – se a gente não toma cuidado – mata.

A história é a seguinte:

Passa-se numa localidade chamada Coelho Neto, na Guanabara. A mulher da história era muito infeliz porque tinha uma ferida na perna e a ferida não se fechava. Ela trabalhava muito e o marido era carteiro. Ser carteiro é Sveglia. Tinham muitos filhos. Quase nada o que comer. Mas esse carteiro que se imbuiu da responsabilidade de tornar sua mulher feliz. Ser feliz é Sveglia. E o carteiro resolveu a situação. Mostrou-lhe uma vizinha que era estéril e sofria muito com isso. Não havia jeito de pegar filho. Mostrou à sua mulher como esta era feliz em ter filhos. E ela ficou feliz, mesmo com a pouca comida. Mostrou-lhe também o carteiro que outra vizinha tinha filhos mas o marido bebia muito e batia nela e nos filhos. Enquanto que ele não bebia e nunca espancara a mulher ou as crianças. O que a tornou feliz.

Todas as noites eles tinham pena da vizinha estéril e da que apanhava do marido. Todas as noites eles eram muito felizes. E ser feliz é Sveglia. Todas as noites.

Eu queria chegar à página 9 na máquina de escrever. O número nove é quase inatingível. O número 13 é Deus. Máquina de escrever é. O perigo dela passar a não ser mais Sveglia é quando se mistura um pouco com os sentimentos que a pessoa que está escrevendo tem.

Eu enjoei do cigarro Consul que é mentolado e doce. Já o cigarro Carlton é seco, é duro, é áspero, e sem conivência com o fumante. Como cada coisa é ou não é, não me incomodo de fazer propaganda de graça do Carlton. Mas, quanto à Coca-cola, não perdoo.

Eu quero mandar este relatório para a revista *Senhor* e quero que eles me paguem muito bem.

Como você é, julgue se minha cozinheira, que cozinha bem e canta o dia inteiro, é.

Acho que vou encerrar este relatório essencial para explicar os fenômenos enérgicos da matéria. Mas não sei o que fazer. Ah, vou me vestir.

Até nunca mais, Sveglia. O céu muito azul é. As ondas brancas de espuma do mar são mais que o mar. (Já me despedi do Sveglia, mas só continuarei a falar nele por vício, tenham paciência.) O cheiro do mar mistura masculino e feminino e nasce no ar um filho que é.

A dona do relógio me disse hoje que ele é que é dono dela. Ela me disse que ele tem uns furinhos pretos por onde sai o som macio como uma ausência de palavras, som de cetim. Tem um disco interior que é dourado. O disco exterior é prateado, quase sem cor – como uma aeronave no espaço, metal voando. Espera é ou não é? Não sei responder porque sofro de urgência e fico incapacitada de julgar esse item sem me envolver emocionalmente. Não gosto de esperar.

Um quarteto de música é muitíssimo mais do que sinfonia. Flauta é. Cravo tem um elemento de terror nele: os sons saem esfarfalhados e quebradiços. Coisa de alma de outro mundo.

Sveglia, quando afinal é que você me deixa em paz? Não vai me perseguir por toda a minha vida transformando-a na claridade da insônia perene? Já te odeio. Já queria poder escrever uma história: um conto ou romance ou uma transmissão. Qual vai ser o meu futuro passo na literatura? Desconfio que não escreverei mais. Mas é verdade que outras vezes desconfiei e no entanto escrevi. O que, porém, hei de escrever, meu Deus? Contaminei-me com a matemática do Sveglia e só saberei fazer relatórios?

E agora vou terminar este relatório do mistério. Acontece que estou muito cansada. Vou tomar um banho antes de sair e perfumar-me com um perfume que é segredo meu. Só digo uma coisa dele: é agreste e um pouco áspero, com doçura escondida. Ele é.

Adeus, Sveglia. Adeus para nunca sempre. Parte de mim você já matou. Eu morri e estou apodrecendo. Morrer é.

E agora – agora adeus.

O MANIFESTO DA CIDADE

Por que não tentar neste momento, que não é grave, olhar pela janela? Esta é a ponte. Este o rio. Eis a Penitenciária. Eis o relógio. E Recife. Eis o canal. Onde está a pedra que sinto? a pedra que esmagou a cidade. Na forma palpável das coisas. Pois esta é uma cidade realizada. Seu último terremoto se perde em datas. Estendo a mão e sem tristeza contorno de longe a pedra. Alguma coisa ainda escapa da rosa dos ventos. Alguma coisa se endureceu na seta de aço que indica o rumo de – Outra Cidade.

Este momento não é grave. Aproveito e olho pela janela. Eis uma casa. Apalpo tuas escadas, as que subi em Recife. Depois a pilastra curta. Estou vendo tudo extraordinariamente bem. Nada me foge. A cidade traçada. Com que engenhosidade. Pedreiros, carpinteiros, engenheiros, santeiros, artesãos – estes contaram com a morte. Estou vendo cada vez mais claro: esta é a casa, a minha, a ponte, o rio, a Penitenciária, os blocos quadrados de edifícios, a escadaria deserta de mim, a pedra.

Mas eis que surge um Cavalo. Eis um cavalo com quatro pernas e cascos duros de pedras, pescoço potente, e cabeça de Cavalo. Eis um cavalo.

Se esta foi uma palavra ecoando no chão duro, qual é o teu sentido? Como é cavo este coração no peito da cidade. Procuro, procuro. Casa, calçadas, degraus, monumento, poste, tua indústria.

Da mais alta muralha – olho. Procuro. Da mais alta muralha não recebo nenhum sinal. Daqui não vejo, pois tua clareza é impenetrável. Daqui não vejo mas sinto que alguma coisa está escrita a carvão numa parede. Numa parede desta cidade.

A ROSA BRANCA

Pétala alta: que extrema superfície. Catedral de vidro, superfície da superfície, inatingível pela voz. Pelo teu talo duas vozes à terceira e à quinta e à nona se unem – crianças sábias abrem bocas de manhã e entoam espírito, espírito, superfície, espírito, superfície intocável de uma rosa.

Estendo a mão esquerda que é mais fraca, mão escura que logo recolho sorrindo de pudor. Não te posso tocar. Teu novo entendimento de gelo e glória meu rude pensamento quer cantar.

Tento lembrar-me da memória, entender-te como se vê a aurora, uma cadeira, outra flor. Não temas, não quero possuir-te. Alço-me em direção de tua superfície que já é perfume.

Alço-me até atingir minha própria aparência. Empalideço nessa região assustada e fina, quase alcanço tua superfície divina...

Na queda ridícula as asas de um anjo quebrei. Não abaixo a cabeça rosnante: quero ao menos sofrer tua vitória com o sofrimento angélico de tua harmonia, de tua alegria. Mas dói-me o coração grosseiro como de amor por um homem.

E das mãos tão grandes sai a palavra envergonhada.

AS MANIGANÇAS
DE DONA FROZINA

também com esse dinheiro mirrado...
Isso é o que a viúva dona Frozina diz do montepio. Mas dá para ela comprar Leite de Rosas e tomar verdadeiros banhos com o líquido leitoso. Dizem que sua pele é espetacular. Usa desde mocinha o mesmo produto e tem cheiro de mãe.

É muito católica e vive em igrejas. Tudo isso cheirando a Leite de Rosas. Como uma menina. Ficou viúva com vinte e nove anos. E de lá para cá – nada de homem. Viúva à moda antiga. Severa. Sem decote e sempre com mangas compridas.

– D. Frozina, como é que a senhora arrumou sua vida sem homem?, quero lhe perguntar.

A resposta seria:

– Maniganças, minha filha, maniganças.

Dizem dela: muita gente jovem não tem o espírito que ela tem. Está na casa dos setenta, a excelentíssima senhora dona Frozina. É sogra boa e ótima avó. Boa parideira que foi. E continuou frutificando. Eu queria ter uma conversa séria com d. Frozina.

– Dona Frozina, a senhora tem qualquer coisa a ver com d. Flor e seus três maridos?

– Que é isso, minha amiga, mas que pecado grande! Sou viúva virgem, minha filha.

Seu marido se chamava Epaminondas, com o apelido de Moço.

Olhe, d. Frozina, tem nomes piores do que o seu. Tem uma que se chama Flor de Lis – e como acharam ruim o nome, deram-lhe apelido pior: Minhora. Quase minhoca. E os pais que chamaram seus filhos de Brasil, Argentina, Colômbia, Bélgica e França? A senhora escapou de ser um país. A senhora e suas maniganças. "Ganha-se pouco", diz ela, "mas é divertido."

Divertido como, minha senhora? A senhora não conheceu então a dor? Foi driblando a dor pela vida afora? Sim, senhora, com minhas maniganças fui escapando.

D. Frozina não toma Coca-cola. Acha que é moderno demais.

– Mas todo o mundo toma!

– Eu é que não, cruz-credo! parece até remédio contra bichas, Deus me livre e guarde.

Mas se acha o gosto de remédio é porque já provou.

D. Frozina usa o nome de Deus mais do que deveria. Não se deve usar o nome de Deus em vão. Mas com ela não cola essa lei.

E ela se agarra nos santos. Os santos já estão enjoados dela, de tanto ela abusar. De "Nossa Senhora" nem se fala; a mãe de Jesus não tem sossego. E, como vem do Norte, vive dizendo: Virgem Maria! a cada espanto. E são muitos os seus espantos de viúva ingênua.

D. Frozina rezava todas as noites. Fazia uma prece para cada santo. Aí aconteceu o desastre: ela adormeceu no meio.

— D. Frozina, que coisa horrível a senhora cochilar no meio da reza deixando os santos à toa!

Ela respondeu com um gesto de mão de descaso:

— Ah, minha filha, que cada um pegue o dele.

Teve um sonho muito esquisitinho: sonhou que via o Cristo do Corcovado — e cadê os braços abertos? Estavam era bem cruzados, e o Cristo enjoado como se dissesse: vocês que se arranjem, estou farto. Era um pecado esse sonho.

D. Frozina, chega de manigâncias. Fique com o seu Leite de Rosas e "io me ne vado". (É assim que se diz em italiano quando uma pessoa quer ir embora?)

Dona Frozina, excelentíssima senhora, quem está farta da senhora sou eu. Adeus, pois. Cochilei no meio da reza.

P.S. Procure no dicionário o que quer dizer manigâncias. Mas adianto-lhe o serviço: manigança — prestidigitação; manobra misteriosa, artes de berliques e berloques. (Do *Pequeno Dicionário Brasileiro da Língua Portuguesa*.)

Um detalhe antes de acabar:

D. Frozina quando era pequena, lá em Sergipe, comia acocorada atrás da porta da cozinha. Não se sabe por quê.

É PARA LÁ QUE EU VOU

Para além da orelha existe um som, à extremidade do olhar um aspecto, às pontas dos dedos um objeto – é para lá que eu vou.

À ponta do lápis o traço.

Onde expira um pensamento está uma ideia, ao derradeiro hálito de alegria uma outra alegria, à ponta da espada a magia – é para lá que eu vou.

Na ponta dos pés o salto.

Parece a história de alguém que foi e não voltou – é para lá que eu vou.

Ou não vou? Vou, sim. E volto para ver como estão as coisas. Se continuam mágicas. Realidade? eu vos espero. É para lá que eu vou.

Na ponta da palavra está a palavra. Quero usar a palavra "tertúlia" e não sei aonde e quando. À beira da tertúlia está a família. À beira da família estou eu. À beira de eu estou mim. É para mim que vou. E de mim saio para ver. Ver o quê? ver o que existe. Depois de morta é para a realidade que vou. Por enquanto é sonho. Sonho fatídico. Mas depois – depois tudo é real. E a alma livre procura um canto para se acomodar. Mim é um eu que anuncio. Não sei sobre o que estou falando. Estou falando do nada. Eu sou nada. Depois de morta engrandecerei e me espalharei, e alguém dirá com amor meu nome.

É para o meu pobre nome que vou.

E de lá volto para chamar o nome do ser amado e dos filhos. Eles me responderão. Enfim terei uma resposta. Que resposta? a do amor. Amor: eu vos amo tanto. Eu amo o amor. O amor é vermelho. O ciúme é verde. Meus olhos são verdes. Mas são verdes tão escuros que na fotografia saem negros. Meu segredo é ter os olhos verdes e ninguém saber.

À extremidade de mim estou eu. Eu, implorante, eu a que necessita, a que pede, a que chora, a que se lamenta. Mas a que canta. A que diz palavras. Palavras ao vento? que importa, os ventos as trazem de novo e eu as possuo.

Eu à beira do vento. O morro dos ventos uivantes me chama. Vou, bruxa que sou. E me transmuto.

Oh, cachorro, cadê tua alma? está à beira de teu corpo? Eu estou à beira de meu corpo. E feneço lentamente.

Que estou eu a dizer? Estou dizendo amor. E à beira do amor estamos nós.

O MORTO NO MAR DA URCA

Eu estava no apartamento de d. Lourdes, costureira, provando meu vestido pintado pela Olly – e dona Lourdes disse: morreu um homem no mar, olhe os bombeiros. Olhei e só vi o mar que devia ser muito salgado, mar azul, casas brancas. E o morto?

O morto em salmoura. Não quero morrer! gritei-me muda dentro de meu vestido. O vestido é amarelo e azul. E eu? morta de calor, não morta de mar azul.

Vou contar um segredo: meu vestido é lindo e não quero morrer. Na sexta-feira o vestido estará em casa, e no sábado eu o usarei. Sem morte, só mar azul. Existem nuvens amarelas? Existem douradas. Eu não tenho história. O morto tem? Tem: foi tomar banho de mar na Urca, o bobo, e morreu, quem mandou? Eu tomo banho de mar com cuidado, não sou tola, e só vou à Urca para provar vestido. E três blusas. S. foi comigo. Ela é minuciosa na prova. E o morto? minuciosamente morto?

Vou contar uma história: era uma vez um rapaz novo ainda que gostava de banho de mar. Daí, ele foi numa manhã de quarta-feira para a Urca. Na Urca, nas pedras da Urca, eu não vou porque está cheio de ratos. Mas o rapaz não ligava para os ratos. Nem os ratos ligavam para ele. O casario branco da Urca. Isso ele ligava. Então tinha uma mulher provando um vestido e que chegou tarde demais: o rapaz já estava morto. Salgado. Tinha piranha no mar? Fiz que não entendi. Não entendo mesmo a morte. Um rapaz morto?

Morto de bobo que era. Só se deve ir à Urca para provar vestido alegre. A mulher, que sou eu, só quer alegria. Mas eu me curvo diante da morte. Que virá, virá, virá. Quando? aí é que está, pode vir a qualquer momento. Mas eu, que estava provando o vestido no calor da manhã, pedi uma prova de Deus. E senti uma coisa intensíssima, um perfume intenso demais de rosas. Então tive a prova, as duas provas; de Deus e do vestido.

Só se deve morrer de morte morrida, nunca de desastre, nunca de afogação no mar. Eu peço proteção para os meus, que são muitos. E a proteção, tenho certeza, virá.

Mas e o rapaz? e sua história? Capaz de ser estudante. Nunca saberei. Fiquei apenas olhando o mar e o casario. Dona Lourdes imperturbável, perguntando se apertava mais na cintura. Eu disse que sim, que cintura é para se ver apertada. Mas estava atônita. Atônita no meu vestido lindo.

SILÊNCIO

É tão vasto o silêncio da noite na montanha. É tão despovoado. Tenta-se em vão trabalhar para não ouvi-lo, pensar depressa para disfarçá-lo. Ou inventar um programa, frágil ponto que mal nos liga ao subitamente improvável dia de amanhã. Como ultrapassar essa paz que nos espreita. Silêncio tão grande que o desespero tem pudor. Montanhas tão altas que o desespero tem pudor. Os ouvidos se afiam, a cabeça se inclina, o corpo todo escuta: nenhum rumor. Nenhum galo. Como estar ao alcance dessa profunda meditação do silêncio. Desse silêncio sem lembrança de palavras. Se és morte, como te alcançar.

É um silêncio que não dorme: é insone: imóvel mas insone; e sem fantasmas. É terrível – sem nenhum fantasma. Inútil querer povoá-lo com a possibilidade de uma porta que se abra rangendo, de uma cortina que se abra e diga alguma coisa. Ele é vazio e sem promessa. Se ao menos houvesse o vento. Vento é ira, ira é a vida. Ou neve. Que é muda mas deixa rastro – tudo embranquece, as crianças riem, os passos rangem e marcam. Há uma continuidade que é a vida. Mas este silêncio não deixa provas. Não se pode falar do silêncio como se fala da neve. Não se pode dizer a ninguém como se diria da neve: sentiu o silêncio desta noite? Quem ouviu não diz.

A noite desce com suas pequenas alegrias de quem acende lâmpadas com o cansaço que tanto justifica o dia. As crianças de Berna adormecem, fecham-se as últimas portas. As ruas brilham nas pedras do chão e brilham já vazias. E afinal apagam-se as luzes as mais distantes.

Mas este primeiro silêncio ainda não é o silêncio. Que se espere, pois as folhas das árvores ainda se ajeitarão melhor, algum passo tardio talvez se ouça com esperança pelas escadas.

Mas há um momento em que do corpo descansado se ergue o espírito atento, e da terra a lua alta. Então ele, o silêncio, aparece.

O coração bate ao reconhecê-lo.

Pode-se depressa pensar no dia que passou. Ou nos amigos que passaram e para sempre se perderam. Mas é inútil esquivar-se: há o silêncio. Mesmo o sofrimento pior, o da amizade perdida, é apenas fuga. Pois se no começo o silêncio parece aguardar uma resposta – como ardemos por ser chamados a responder – cedo se descobre que de ti ele nada exige, talvez apenas o teu silêncio. Quantas horas se perdem na escuridão supondo que o silêncio te julga – como esperamos em vão por ser julgados pelo Deus. Surgem as justificações, trágicas justificações forjadas, humildes desculpas até a indignidade. Tão suave é para o ser humano enfim mostrar sua indignidade e ser perdoado com a justificativa de que se é um ser humano humilhado de nascença.

Até que se descobre – nem a sua indignidade ele quer. Ele é o silêncio.

Pode-se tentar enganá-lo também. Deixa-se como por acaso o livro de cabeceira cair no chão. Mas, horror – o livro cai dentro do silêncio e se perde na muda e parada voragem deste. E se um pássaro enlouquecido cantasse? Esperança inútil. O canto apenas atravessaria como uma leve flauta o silêncio.

Então, se há coragem, não se luta mais. Entra-se nele, vai-se com ele, nós os únicos fantasmas de uma noite em Berna. Que se entre. Que não se espere o resto da escuridão diante dele, só ele próprio. Será como se estivéssemos num navio tão descomunalmente enorme que ignorássemos estar num navio. E este singrasse tão largamente que ignorássemos estar indo. Mais do que isso um homem não pode. Viver na orla da morte e das estrelas é vibração mais tensa do que as veias podem suportar. Não há sequer um filho de astro e de mulher como intermediário piedoso. O coração tem que se apresentar diante do nada sozinho e sozinho bater alto nas trevas. Só se sente nos ouvidos o próprio coração. Quando este se apresenta todo nu, nem é comunicação, é submissão. Pois nós não fomos feitos senão para o pequeno silêncio.

Se não há coragem, que não se entre. Que se espere o resto da escuridão diante do silêncio, só os pés molhados pela espuma de algo que se espraia de dentro de nós. Que se espere. Um insolúvel pelo outro. Um ao lado do outro, duas coisas que não se veem na escuridão. Que se espere. Não o fim do silêncio mas o auxílio bendito de um terceiro elemento, a luz da aurora.

Depois nunca mais se esquece. Inútil até fugir para outra cidade. Pois quando menos se espera pode-se reconhecê-lo – de repente. Ao atravessar a rua no meio das buzinas dos carros. Entre uma gargalhada fantasmagórica e outra. Depois de uma palavra dita. Às vezes no próprio coração da palavra. Os ouvidos se assombram, o olhar se esgazeia – ei-lo. E dessa vez ele é fantasma.

ESVAZIAMENTO

Não é que fôssemos amigos de longa data. Conhecemo-nos apenas no último ano da escola. Desde esse momento estávamos juntos a qualquer hora. Há tanto tempo precisávamos os dois de um amigo que nada havia que não confiássemos um ao outro. Chegamos a um ponto de amizade que não podíamos mais guardar um pensamento: um telefonava logo ao outro, marcando encontro imediato. Depois da conversa, sentíamo-nos tão contentes como se nós tivéssemos presenteado a nós mesmos. Esse estado de comunicação contínua chegou a tal exaltação que, no dia em que nada tínhamos a nos confiar, procurávamos com alguma aflição um assunto. Só que o assunto havia de ser grave, pois em qualquer um não caberia a veemência de uma sinceridade pela primeira vez experimentada.

Já nesse tempo apareceram os primeiros sinais de perturbação entre nós. Às vezes um telefonava, encontrávamo-nos, e nada tínhamos a nos dizer. Éramos muito jovens e não sabíamos ficar calados. De início, quando começou a faltar assunto, tentamos comentar as pessoas. Mas bem sabíamos que já estávamos adulterando o núcleo da amizade. Tentar falar sobre nossas mútuas namoradas também estava fora de cogitação, pois um homem não falava de seus amores. Experimentamos ficar calados – mas tornávamo-nos inquietos logo depois de nos separarmos.

Minha solidão, na volta de tais encontros, era grande e árida. Cheguei a ler livros apenas para poder falar deles. Mas uma amizade sincera queria a sinceridade mais pura. À procura desta, eu começava a me sentir vazio. Nossos encontros eram cada vez mais decepcionantes. Minha sincera pobreza revelava-se aos poucos. Também ele, eu sabia, chegara ao impasse de si mesmo.

Foi quando, tendo minha família se mudado para S. Paulo, e ele morando sozinho, pois sua família era do Piauí, foi quando o convidei a morar em nosso apartamento, que ficara sob a minha guarda. Que rebuliço de alma. Radiantes arrumávamos nossos livros e discos, preparávamos um ambiente perfeito para a amizade. Depois de tudo pronto, eis-nos dentro de casa de braços abanando, mudos, cheios apenas de amizade.

Queríamos tanto salvar o outro. Amizade é matéria de salvação.

Mas todos os problemas já tinham sido tocados, todas as possibilidades estudadas. Tínhamos apenas essa coisa que havíamos procurado sedentos até então e enfim encontrado: uma amizade sincera. Único modo, sabíamos, e com que amargor sabíamos, de sair da solidão que um espírito tem no corpo.

Mas como se nos revelava sintética a amizade. Como se quiséssemos espalhar em longo discurso um truísmo que uma palavra esgotaria. Nossa amizade era tão insolúvel como a soma de dois números: inútil querer desenvolver para mais de um momento a certeza de que dois e três são cinco.

Tentamos organizar algumas farras no apartamento, mas não só os vizinhos reclamaram como não adiantou.

Se ao menos pudéssemos prestar favores um ao outro. Mas nem havia oportunidade, nem acreditávamos em provas de uma amizade que delas precisava. O mais que podíamos fazer era o que fazíamos: saber que éramos amigos. O que não bastava para encher os dias, sobretudo as longas férias.

Data dessas férias o começo da verdadeira aflição.

Ele, a quem eu nada podia dar senão minha sinceridade, ele passou a ser uma acusação de minha pobreza. Além do mais, a solidão de um ao lado do outro, ouvindo música ou lendo, era muito maior do que quando estávamos sozinhos. E, mais que maior, incômoda. Não havia paz. Indo depois cada um para seu quarto, com alívio nem nos olhávamos.

É verdade que houve uma pausa no curso das coisas, uma trégua que nos deu mais esperanças do que em realidade caberia. Foi quando meu amigo teve uma pequena questão com a Prefeitura. Não é que fosse grave, mas nós a tornamos para melhor usá-la. Porque então já tínhamos caído na facilidade de prestar favores. Andei entusiasmado pelos escritórios dos conhecidos de minha família, arranjando pistolões para meu amigo. E quando começou a fase de selar papéis, corri por toda a cidade – posso dizer em consciência – que não houve firma que se reconhecesse sem ser através de minha mão.

Nessa época encontrávamo-nos de noite em casa, exaustos e animados: contávamos as façanhas do dia, planejávamos os ataques seguintes. Não aprofundávamos muito o que estava sucedendo, bastava que tudo isso tivesse o cunho da amizade. Pensei compreender por que os noivos se presenteiam, por que o marido faz questão de dar conforto à esposa, e esta prepara-lhe afanada o alimento, por que a mãe exagera nos cuidados ao filho. Foi, aliás, nesse período que, com algum sacrifício, dei um pequeno broche de ouro àquela que é hoje minha mulher. Só muito depois eu ia compreender que estar também é dar.

Encerrada a questão com a Prefeitura – seja dito, de passagem, com vitória nossa – continuamos um ao lado do outro, sem encontrar aquela palavra que cedera a alma. Cederia a alma? Mas afinal de contas quem queria ceder a alma? Ora essa.

Afinal o que queríamos? Nada. Estávamos fatigados, desiludidos.

A pretexto de férias com minha família, separamo-nos. Aliás ele também ia ao Piauí. Um aperto de mão comovido foi o nosso adeus no aeroporto. Sabíamos que não nos veríamos mais, senão por acaso. Mais que isso: que não queríamos nos rever. E sabíamos também que éramos amigos. Amigos sinceros.

UMA TARDE PLENA

O saguim é tão pequeno como um rato, e da mesma cor.

A mulher, depois de se sentar no ônibus e de lançar uma tranquila vista de proprietária pelos bancos, engoliu um grito: ao seu lado, na mão de um homem gordo, estava aquilo que parecia um rato inquieto e que na verdade era um vivíssimo saguim. Os primeiros momentos da mulher *versus* saguim foram gastos em procurar sentir que não se tratava de um rato disfarçado.

Quando isso foi conseguido, começaram momentos deliciosos e intensos: a observação do bicho. O ônibus inteiro, aliás, não fazia outra coisa.

Mas era privilégio da mulher estar ao lado do personagem principal. De onde estava podia, por exemplo, reparar na minimeza que é uma língua de saguim: um risco de lápis vermelho.

E havia os dentes também: quase que se poderiam contar cerca de milhares de dentes dentro do risco da boca, e cada lasca menor que a outra, e mais branca. O saguim não fechou a boca um instante.

Os olhos eram redondos, hipertireóidicos, combinando com um ligeiro prognatismo – e essa mistura, se lhe dava um ar estranhamente impudico, formava uma cara meio oferecida de menino de rua, desses que estão permanentemente resfriados e que ao mesmo tempo chupam bala e fungam o nariz.

Quando o saguim deu um pulo no colo da senhora, esta conteve um frisson, e o prazer encabulado de quem foi eleita.

Mas os passageiros olharam-na com simpatia, aprovando o acontecimento, e, um pouco ruborizada, ela aceitou ser a tímida favorita. Não o acariciou porque não sabia se esse era o gesto a ser feito.

E nem o bicho sofria à míngua de carinho. Na verdade o seu dono, o homem gordo, tinha por ele um amor sólido e severo, de pai para filho, de dono para mulher. Era um homem que, sem um sorriso, tinha o chamado coração de ouro. A expressão de seu rosto era até trágica, como se ele tivesse missão. Missão de amar? O saguim era o seu cachorro na vida.

O ônibus, na brisa, como embandeirado, avançava. O saguim comeu um biscoito. O saguim coçou rapidamente a redonda orelha com a perna fina de trás. O saguim guinchou. Pendurou-se na janela, e espiou o mais depressa que podia – despertando nos ônibus opostos caras que se espantavam e que não tinham tempo de averiguar se tinham mesmo visto o que tinham visto.

Enquanto isso, perto da senhora, uma outra senhora contou a outra senhora que tinha um gato. Quem tinha posses de amor, contou.

Foi nesse ambiente de família feliz que um caminhão quis passar à frente do ônibus, houve quase encontro fatal, os gritos. Todos saltaram depressa. A senhora, atrasada, com hora marcada, tomou um táxi.

Só no táxi lembrou-se de novo do saguim.

E lamentou com um sorriso sem graça que – sendo os dias que correm tão cheios de notícias nos jornais e com tão poucas para ela – tivessem os acontecimentos se distribuído tão mal a ponto de um saguim e um quase desastre sucederem na mesma hora.

"Aposto" – pensou – "que nada mais me acontecerá durante muito tempo, aposto que agora vou entrar no tempo das vacas magras." Que era em geral seu tempo.

Mas nesse mesmo dia aconteceram outras coisas. Todas até que dentro da categoria de bens declaráveis. Só que não eram comunicáveis. Essa mulher era, aliás, um pouco silenciosa para si mesma e não se entendia muito bem consigo própria.

Mas assim é. E jamais se soube de um saguim que tenha deixado de nascer, viver e morrer – só por não se entender ou não ser entendido.

De qualquer modo fora uma tarde embandeirada.

BILHETE A ÉRICO VERISSIMO

Não concordo com você que disse: "Desculpem, mas não sou profundo."

Você é *profundamente* humano – e que mais se pode querer de uma pessoa? Você tem grandeza de espírito. Um beijo para você, Érico.

UM CASO COMPLICADO

Pois é.

Cujo pai era amante, com seu alfinete de gravata, amante da mulher do médico que tratava da filha, quer dizer, da filha do amante e todos sabiam, e a mulher do médico pendurava uma toalha branca na janela significando que o amante podia entrar ou era toalha de cor e ele não entrava.

Mas estou me confundindo toda ou é o caso de tão enrolado que se puder vou desenrolar. As realidades dele são inventadas. Peço desculpa porque além de contar os fatos eu também adivinho e o que adivinho aqui escrevo. Eu adivinho a realidade. Mas esta história não é de minha seara. É da safra de quem pode mais que eu.

Pois a filha teve gangrena na perna e tiveram que amputá-la. Essa Jandira de dezessete anos, fogosa que nem potro novo e de cabelos belos, estava noiva. Mal o noivo viu a figura de muletas, toda alegre, alegria que ele não viu que era patética, pois bem, o noivo teve coragem de simplesmente desmanchar sem remorso o noivado, que aleijada ele não queria. Todos, inclusive a mãe sofrida da moça, imploraram ao noivo que fingisse ainda amá-la, o que – diziam-lhe – não era tão penoso porque seria a curto prazo: é que a noiva tinha vida a curto prazo.

E daí a três meses – como se cumprisse promessa de não pesar nas débeis ideias do noivo – daí a três meses morreu, linda, de cabelos belos, inconsolável, com saudade do noivo, e assustada com a morte como criança tem medo do escuro: a morte é de grande escuridão. Ou talvez não, não sei como é, ainda não morri, e depois de morrer nem saberei, quem sabe se não tão escura. A morte, quero dizer.

O noivo que se chamava pelo nome de família, o Bastos, ao que parece morava, ainda no tempo da noiva viva, morava com uma mulher. E assim com esta continuou, pouco ligando.

Bem. Essa mulher lá um dia teve ciúmes. E – tão requintada como Nélson Rodrigues que não negligencia detalhes cruéis. Mas onde estava eu, que me perdi? Só começando tudo de novo, e em outra linha e parágrafo para melhor começar.

Bem. A mulher teve ciúmes e enquanto o Bastos dormia despejou água fervendo do bico da chaleira dentro do ouvido dele que só teve tempo de dar um urro antes de desmaiar, urro esse que podemos adivinhar, era o pior grito que tinha. Bastos foi levado para o hospital e ficou entre vida e morte, esta em luta feroz com aquela.

A virago ciumenta pegou um ano e pouco de cadeia. De onde saiu para encontrar-se – adivinhem com quem? pois foi encontrar-se com o Bastos. A essa altura um Bastos muito mirrado e, é claro, surdo para sempre, logo ele que não perdoara defeito físico.

O que aconteceu? Pois voltaram a viver juntos, amor para sempre.

Enquanto isso a menina de 17 anos morta há muito tempo, só deixando vestígios na mãe. E se me lembrei fora de hora da mocinha é pelo amor que sinto.

Aí é que entra o pai dela, como quem não quer nada. Continuou sendo amante da mulher do médico que tratara de sua filha com devoção. Filha, quero dizer, do amante. E todos sabiam, o médico e a mãe da ex-noiva. Acho que me perdi de novo, está confuso, mas que posso fazer?

O médico mesmo sabendo ser o pai da mocinha amante de sua mulher cuidara muito da noivinha espaventada demais com o escuro de que falei. A mulher do pai, portanto mãe da ex-noivinha, sabia das elegâncias adulterinas do marido que usava relógio de ouro e anel que era joia, alfinete de gravata de brilhante, negociante abastado, como se diz, pois as gentes respeitam e cumprimentam largamente os ricos, os vitoriosos, está certo? Ele, o pai da moça, vestido com terno verde e camisa cor-de-rosa de listrinhas. Como é que eu sei? Ora, simplesmente sabendo, como a gente faz com a adivinhação imaginadora. Eu sei, e pronto.

Não posso esquecer de um detalhe. É o seguinte: o amante tinha na frente um dentinho de ouro. E cheirava a alho, toda sua aura era puro alho, e a amante nem ligava, queria era ter amante, com ou sem cheiro de comida. Como é que sei? Ora, sabendo.

Não sei que fim levaram essas pessoas, não soube mais notícias. Desagregaram-se? pois é história antiga, e talvez tenha já havido mortes entre elas, as pessoas.

Acrescento um dado importante e que, não sei por que, explica o nascedouro maldito da história toda: esta se passou em Niterói, com as tábuas do cais sempre úmidas e escuras e suas barcas de vaivém. Niterói é lugar misterioso e tem casas velhas, enegrecidas. E lá pode acontecer água fervendo no ouvido de amante? Não sei.

O que fazer desta história? Também não sei, dou-a de presente a quem quiser, pois estou enjoada dela. Demais até. Às vezes me dá enjoo de gente. Depois passa e fico de novo toda curiosa e atenta.

É só.

TANTA MANSIDÃO

Pois a hora escura, talvez a mais escura, em pleno dia, precedeu essa coisa que não quero sequer tentar definir. Em pleno dia era noite, e essa coisa que não quero ainda definir é uma luz tranquila dentro de mim, e a ela chamariam de alegria, alegria mansa. Estou um pouco desnorteada como se um coração me tivesse sido tirado, e em lugar dele estivesse agora a súbita ausência, uma ausência quase palpável do que era antes um órgão banhado da escuridão da dor. Não estou sentindo nada. Mas é o contrário de um torpor. É um modo mais leve e mais silencioso de existir.

Mas estou também inquieta. Eu estava organizada para me consolar da angústia e da dor. Mas como é que me arrumo com essa simples e tranquila alegria. É que não estou habituada a não precisar de meu próprio consolo. A palavra consolo aconteceu sem eu sentir, e eu não notei, e quando fui procurá-la, ela já se havia transformado em carne e espírito, já não existia mais como pensamento.

Vou então à janela, está chovendo muito. Por hábito estou procurando na chuva o que em outro momento me serviria de consolo. Mas não tenho dor a consolar.

Ah, eu sei. Estou agora procurando na chuva uma alegria tão grande que se torne aguda, e que me ponha em contato com uma agudez que se pareça a agudez da dor. Mas é inútil a procura. Estou à janela e só acontece isto: vejo com olhos benéficos a chuva, e a chuva me vê de acordo comigo. Estamos ocupadas ambas em fluir. Quanto durará esse meu estado? Percebo que, com esta pergunta, estou apalpando meu pulso para sentir onde estará o latejar dolorido de antes. E vejo que não há o latejar da dor.

Apenas isso: chove e estou vendo a chuva. Que simplicidade. Nunca pensei que o mundo e eu chegássemos a esse ponto de trigo. A chuva cai não porque está precisando de mim, e eu olho a chuva não porque preciso dela. Mas nós estamos tão juntas como a água da chuva está ligada à chuva. E eu não estou agradecendo nada. Não tivesse eu, logo depois de nascer, tomado involuntária e forçadamente o caminho que tomei – e teria sido sempre o que realmente estou sendo: uma camponesa que está num campo onde chove. Nem sequer agradecendo ao Deus ou à natureza. A chuva também não agradece nada. Não sou uma coisa que agradece ter se transformado em outra. Sou uma mulher, sou uma pessoa, sou uma atenção, sou um corpo olhando pela janela. Assim como a chuva não é grata por não ser uma pedra. Ela é uma chuva. Talvez seja isso ao que se poderia chamar de estar vivo. Não mais que isto, mas isto: vivo. E apenas vivo de uma alegria mansa.

AS ÁGUAS
DO MAR

aí está ele, o mar, a mais ininteligível das existências não humanas. E aqui está a mulher, de pé na praia, o mais ininteligível dos seres vivos. Como o ser humano fez um dia uma pergunta sobre si mesmo, tornou-se o mais ininteligível dos seres vivos. Ela e o mar.

Só poderia haver um encontro de seus mistérios se um se entregasse ao outro: a entrega de dois mundos incognoscíveis feita com a confiança com que se entregariam duas compreensões.

Ela olha o mar, é o que pode fazer. Ele só lhe é delimitado pela linha do horizonte, isto é, pela sua incapacidade humana de ver a curvatura da terra.

São seis horas da manhã. Só um cão livre hesita na praia, um cão negro. Por que é que um cão é tão livre? Porque ele é o mistério vivo que não se indaga. A mulher hesita porque vai entrar.

Seu corpo se consola com sua própria exiguidade em relação à vastidão do mar porque é a exiguidade do corpo que o permite manter-se quente e é essa exiguidade que a torna pobre e livre gente, com sua parte de liberdade de cão nas areias. Esse corpo entrará no ilimitado frio que sem raiva ruge no silêncio das seis horas. A mulher não está sabendo: mas está cumprindo uma coragem. Com a praia vazia nessa hora da manhã, ela não tem o exemplo de outros humanos que transformam a entrada no mar em simples jogo leviano de viver. Ela está sozinha. O mar salgado não é sozinho porque é salgado e grande, e isso é uma realização. Nessa hora ela se conhece menos ainda do que conhece o mar. Sua coragem é a de, não se conhecendo, no entanto, prosseguir. É fatal não se conhecer, e não se conhecer exige coragem.

Vai entrando. A água salgada é de um frio que lhe arrepia em ritual as pernas. Mas uma alegria fatal – a alegria é uma fatalidade – já a tomou, embora, nem lhe ocorra sorrir. Pelo contrário, está muito séria. O cheiro é de uma maresia tonteante que a desperta de seus mais adormecidos sonos seculares. E agora ela está alerta, mesmo sem pensar. A mulher é agora uma compacta e uma leve e uma aguda – e abre caminho na gelidez que, líquida, se opõe a ela, e no entanto a deixa entrar, como no amor em que a oposição pode ser um pedido.

O caminho lento aumenta sua coragem secreta. E de repente ela se deixa cobrir pela primeira onda. O sal, o iodo, tudo líquido, deixam-na por uns instantes cega, toda escorrendo – espantada de pé, fertilizada.

Agora o frio se transforma em frígido. Avançando, ela abre o mar pelo meio. Já não precisa da coragem, agora, já é antiga no ritual. Abaixa a cabeça dentro do brilho do mar, e retira uma cabeleira que sai escorrendo toda sobre os olhos salgados que ardem. Brinca com a mão na água, pausada, os cabelos ao sol, quase imediatamente já estão se endurecendo de sal. Com a concha das mãos faz o que sempre fez no mar, e com a altivez dos que nunca darão explicação nem a eles mesmos: com a concha das mãos cheias de água, bebe em goles grandes, bons.

E era isso o que lhe estava faltando: o mar por dentro como o líquido espesso de um homem. Agora ela está toda igual a si mesma. A garganta alimentada se constringe pelo sal, os olhos avermelham-se pelo sal secado pelo sol, as ondas suaves lhe batem e voltam pois ela é um anteparo compacto.

Mergulha de novo, de novo bebe, mais água, agora sem sofreguidão pois não precisa mais. Ela é a amante que sabe que terá tudo de novo. O sol se abre mais e arrepia-a ao secá-la, ela mergulha de novo; está cada vez menos sôfrega e menos aguda. Agora sabe o que quer. Quer ficar de pé parada no mar. Assim fica, pois. Como contra os costados de um navio, a água bate, volta, bate. A mulher não recebe transmissões. Não precisa de comunicação.

Depois caminha dentro da água de volta à praia. Não está caminhando sobre as águas – ah nunca faria isso depois que há milênios já andaram sobre as águas – mas ninguém lhe tira isso: caminhar dentro das águas. Às vezes o mar lhe opõe resistência puxando-a com força para trás, mas então a proa da mulher avança um pouco mais dura e áspera.

E agora pisa na areia. Sabe que está brilhando de água, e sal e sol. Mesmo que o esqueça daqui a uns minutos, nunca poderá perder tudo isso. E sabe de algum modo obscuro que seus cabelos escorridos são de náufrago. Porque sabe – sabe que fez um perigo. Um perigo tão antigo quanto o ser humano.

TEMPESTADE DE ALMAS

ah, se eu sei, não nascia, ah, se eu sei, não nascia. A loucura é vizinha da mais cruel sensatez. Engulo a loucura porque ela me alucina calmamente. O anel que tu me deste era de vidro e se quebrou e o amor não acabou, mas em lugar de, o ódio dos que amam. A cadeira me é um objeto. Inútil enquanto a olho. Diga-me por favor que horas são para eu saber que estou vivendo nesta hora. A criatividade é desencadeada por um germe e eu não tenho hoje esse germe mas tenho incipiente a loucura que em si mesma é criação válida. Nada mais tenho a ver com a validez das coisas. Estou liberta ou perdida. Vou-lhes contar um segredo: a vida é mortal. Nós mantemos esse segredo em mutismo cada um diante de si mesmo porque convém, senão seria tornar cada instante mortal. O objeto cadeira sempre me interessou. Olho esta que é antiga, comprada num antiquário, e estilo império; não se poderia imaginar maior simplicidade de linhas, contrastando com o assento de feltro vermelho. Amo os objetos à medida que eles não me amam. Mas se não compreendo o que escrevo a culpa não é minha. Tenho que falar pois falar salva. Mas não tenho uma só palavra a dizer. As palavras já ditas me amordaçaram a boca. O que é que uma pessoa diz à outra? Fora "como vai?". Se desse a loucura da franqueza, que diriam as pessoas às outras? E o pior é o que se diria uma pessoa a si mesma, mas seria a salvação, embora a franqueza seja determinada no nível consciente e o terror da franqueza vem da parte que tem no vastíssimo inconsciente que me liga ao mundo e à criadora inconsciência do mundo. Hoje é dia de muita estrela no céu, pelo menos assim promete esta tarde triste que uma palavra humana salvaria.

Abro bem os olhos, e não adianta: apenas vejo. Mas o segredo, este não vejo nem sinto. A eletrola está quebrada e não viver com música é trair a condição humana que é cercada de música. Aliás, música é uma abstração do pensamento, falo de Bach, de Vivaldi, de Haendel. Só posso escrever se estiver livre, e livre de censura, senão sucumbo. Olho a cadeira estilo império e dessa vez foi como se ela também me tivesse olhado e visto. O futuro é meu enquanto eu viver. No futuro vai-se ter mais tempo de viver, e, de cambulhada escrever. No futuro, se diz: se eu sei, eu não nascia. Marli de Oliveira, eu não escrevo cartas pra você porque só sei ser íntima. Aliás eu só sei em todas as circunstâncias ser íntima: por isso sou mais uma calada. Tudo o que nunca se fez, far-se-á um dia? O futuro da tecnologia ameaça destruir tudo o que é humano no homem, mas a tecnologia não atinge a loucura; e nela então o humano do homem se refugia. Vejo as flores na jarra: são flores do campo, nascidas sem se plantar, são lindas e amarelas. Mas minha cozinheira disse: mas que flores feias. Só porque é difícil compreender e amar o que é espontâneo e franciscano. Entender o difícil não é vantagem, mas amar o que é fácil de se amar é uma grande subida na escala humana. Quantas mentiras sou obrigada a dar. Mas comigo mesma é que eu queria não ser obrigada a mentir. Senão o que me resta? A verdade é o resíduo final de todas as coisas, e no meu inconsciente está a verdade que é a mesma do mundo. A Lua é, como diria Paul Éluard, éclatante de silence. Hoje não sei se vamos ter Lua visível pois já se torna tarde e não a vejo no céu. Uma vez eu olhei de noite para o céu circunscrevendo-o com a cabeça deitada para trás, e fiquei tonta de tantas estrelas que se veem no campo, pois, o céu do campo é limpo. Não há lógica, se se for pensar um pouco, na ilogicidade perfeitamente equilibrada da natureza. Da natureza humana também. O que seria do mundo, do cosmos, se o homem não existisse. Se eu pudesse escrever sempre assim como estou escrevendo agora eu estaria em plena tempestade de cérebro que significa brainstorm. Quem terá inventado a cadeira? Alguém com amor por si mesmo. Inventou então um maior conforto para o seu corpo. Depois os séculos se seguiram e nunca mais ninguém prestou realmente atenção a uma cadeira, pois usá-la é apenas automático. É preciso ter coragem para fazer um brainstorm: nunca se sabe o que pode vir a nos assustar. O monstro sagrado morreu: em seu lugar nasceu uma menina que era sozinha. Bem sei que terei de parar, não por causa de falta de palavras, mas porque essas coisas, e sobretudo as que eu só pensei e não escrevi, não se usam publicar em jornais.

VIDA AO NATURAL

Pois no Rio tinha um lugar com uma lareira. E quando ela percebeu que, além do frio, chovia nas árvores, não pôde acreditar que tanto lhe fosse dado. O acordo do mundo com aquilo que ela nem sequer sabia que precisava como numa fome. Chovia, chovia. O fogo aceso pisca para ela e para o homem. Ele, o homem, se ocupa do que ela nem sequer lhe agradece; ele atiça o fogo na lareira, o que não lhe é senão dever de nascimento. E ela – que é sempre inquieta, fazedora de coisas e experimentadora de curiosidades – pois ela nem se lembra sequer de atiçar o fogo: não é seu papel, pois se tem o seu homem para isso. Não sendo donzela, que o homem então cumpra a sua missão. O mais que ela faz é às vezes instigá-lo: "aquela acha", diz-lhe, "aquela ainda não pegou". E ele, um instante antes que ela acabe a frase que o esclareceria, ele por ele mesmo já notara a acha, homem seu que é, e já está atiçando a acha. Não a comando seu, que é a mulher de um homem e que perderia seu estado se lhe desse ordem.

A outra mão dele, a livre, está ao alcance dela. Ela sabe, e não a toma. Quer a mão dele, sabe que quer, e não a toma. Tem exatamente o que precisa: pode ter.

Ah, e dizer que isto vai acabar, que por si mesmo não pode durar. Não, ela não está se referindo ao fogo, refere-se ao que sente. O que sente nunca dura, o que sente sempre acaba, e pode nunca mais voltar. Encarniça-se então sobre o momento, come-lhe o fogo, e o fogo doce arde, arde, flameja. Então, ela que sabe que tudo vai acabar, pega a mão livre do homem, e ao prendê-la nas suas, ela doce arde, arde, flameja.

POSFÁCIO
UM PASSEIO NOTURNO E MARGINAL

O*nde estivestes de noite* data de 1974 – ano da publicação de *A via crucis do corpo*. As duas coletâneas revelam uma autora cada vez mais distante das estruturas-padrão de gênero literário, sensível à voz do feminino, alerta à sexualidade de suas personagens. Não por acaso, no intervalo que precede e sucede o aparecimento desses livros, vêm à baila produções ímpares de Clarice Lispector: *Água viva* (1973) e o conjunto de pinturas (1975) em óleo e em técnica mista sobre madeira. Ou seja: em paralelo à narrativa na qual fortes impressões a respeito de vida e morte se desenham sob acordes vibrantes, existe uma matéria pictórica de aspecto rudimentar, em que traços e camadas grossas de tinta, cola líquida e vela derretida inscrevem o fragmentário e o sinistro em plano vigorosamente abstrato (fluidez e pulsão abrasam a prosa de enredo indefinido; expressões do feio e do fantasmagórico sobressaem nos pinhos-de-riga).

Vizinhos a esse cenário, os textos reunidos em *Onde estivestes de noite* gravitam, com larga licença, ora na órbita da imoralidade (a libido da mulher na velhice, por exemplo), ora, entre outras esferas, na do surpreendente circunscrito a um ambiente orgíaco e macabro. Um tom prosaico manifesta-se por meio de redação ágil, lépida, que demonstra indiferença às *coisas sérias* do narrar e ao rigor na uniformidade das intrigas, insuscetível ao status de transcendência da linguagem. Pode-se inferir que aquela contista de *Laços de família* (1960) e de *A legião estrangeira* (1964) sai praticamente de cena; logo, a densidade presente nas narrativas dos anos 1960 esmorece. Procedimentos intrínsecos ao discurso – fluxo de consciência, epifania (às avessas), engaste da palavra e tensão enunciativa – dão lugar a um estilo direto e cortante de construção. Ocorre que introspecção, mal-estar e náusea deixam de ser a viga mestra da poética de Clarice Lispector.

Realmente, a gramática deste livro é outra. Classificar como contos os dezessete textos nele inseridos seria um equívoco conceitual. Possuem proporções desiguais – uns são longos; outros, curtos. Os primeiros, sobretudo, têm conformação e dicção próprias do gênero, ao passo que os demais se diagramam à maneira de crônicas, ou mesmo se elevam como pensamentos soltos, insights com toada de adivinhação, lucubrações despretensiosas, vislumbres da ordem do autobiográfico, conversas-fiadas e bem-humoradas com o leitor, exercícios de metaficção. A obra, enfim, se oferece generosa como receptáculo de registros diversificados.

Sui generis é o conflito retratado em "A procura de uma dignidade", narrativa que abre este volume. A Sra. Jorge B. Xavier, à beira dos seus setenta anos, manifesta uma fogosidade, a seu ver, inaceitável nessa fase avançada da vida ("Por que as outras velhas nunca lhe tinham avisado que até o fim isso podia acontecer?"). Quando a história se aproxima do epílogo é que assomam à página os desejos involuntários, a fantasia secreta, a autocensura dessa senhora cujo fetiche é o rosto delicado e jovial de Roberto Carlos. Para a esposa do Sr. Xavier, que está prestes a regressar de uma viagem, "a danação era a lascívia. Era fome baixa: ela queria comer a boca de Roberto Carlos. Não era romântica, ela era grosseira em matéria de amor. Ali no banheiro, defronte do espelho da pia". A tara impele-a a pronunciar – no diminutivo e em alto som – o nome do ídolo da Jovem Guarda: "– Robertinho Carlinhos."

A essa ironia à cultura de massa, pela via do *kitsch* ("Quero que você me aqueça neste inverno e que tudo o mais vá para o inferno."), acrescentem-se alguns lapsos de memória e a dificuldade de orientação espacial da Sra. Jorge B. Xavier, que confunde o endereço da conferência à qual assistiria em companhia de amigos. Daí adentrar acidentalmente as dependências subterrâneas do gigantesco Estádio do Maracanã e percorrer os corredores escuros e labirínticos, estranhos e desertos, que promovem acesso a salas anônimas. Embora ela conte com auxílio para escapar desse local, novas aventuras chancelam os descaminhos da protagonista ao longo do entrecho (imersão e emersão, idas e vindas a pé e de táxi), em consórcio, talvez, com o exterior e as regiões ocultas, recônditas, de seu corpo: "Por fora – viu no espelho – ela era uma coisa seca como um figo seco. Mas por dentro não era esturricada. Pelo contrário. Parecia por dentro uma gengiva úmida, mole assim como gengiva desdentada."

No conto "A partida do trem", as singularidades da velhice são também repertoriadas. Dona Maria Rita Alvarenga Chagas Souza Melo, de setenta e sete anos, descende de família nobre – é parte integrante da elite econômica do país. Defronte à idosa, no vagão interno da locomotiva, encontra-se Angela Pralini, quarenta anos mais jovem. O diálogo entre elas é rarefeito: "– Ah, eu vou para a fazenda de meu filho, vou ficar lá para o resto da vida, minha filha me trouxe até o trem e meu filho me espera com a charrete na estação. Sou como um embrulho que se entrega de mão em mão." Os monólogos, sim, predominam durante o trajeto: as duas passageiras ruminam. Dona Maria Ritinha está convencida de que perdera a função social – ressente-se da desatenção dos que a fazem se sentir como um "móvel velho" e esquecido dentro de casa; as memórias de Angela Pralini estão atadas ao relacionamento com Eduardo, o amante intelectual por quem é apaixonada – um homem cuja inteligência a sufoca, e esse é o motivo de abandoná-lo.

Sem dúvida, os pontos cruciais da ficção incidem tanto no recurso estilístico, a reter e a grafar a simultaneidade de pensamentos, quanto na visão aguda do narrador habilidoso no registro dos tiques e trejeitos de uma mulher que se aproxima dos oitenta anos. Lembre-se de que em determinado momento a quase octogenária "(...) pigarreou de novo com austeridade, deu no banco uma batidinha com as pontas dos dedos como se ordenasse com urgência à orquestra uma nova partitura". A viúva "tinha um tremor quebradiço de música de sanfona". Decerto, a sublevação de detalhes e flagrantes dessa natureza impacta o leitor (qual a sensação de instabilidade no pisar em falso ao caminhar), pois são repentinas e extravagantemente familiares as imagens que lhe chegam – lances que coroam o texto literário de Lispector e o tornam inconfundível. Fique aqui uma nota: a parceira de viagem de Dona Maria Ritinha é a Angela de *Um sopro de vida: pulsações* (1978), conhecida como o alter ego da escritora. Aliás, em "A partida do trem", a personagem faz menção a seu cão Ulisses, à mãe paralítica "que morrera quando ela fizera nove anos de idade" e, parodicamente, a "uma tal de Clarice falando de uma velha despudorada, apaixonada por Roberto Carlos. Essa Clarice incomodava".

Atmosfera perturbadora é a que caracteriza a narrativa "Onde estivestes de noite". O espaço pútrido e soturno no qual a história se desenvolve é marcado por eventos aterradores; nesse território, uma legião de hipnotizados – padre, judeu, açougueiro, padeiro, jornalista, escritora e masturbador – atende ao chamado do topo da montanha de um andrógino identificado como Ele-ela. Isso tudo em "noite fechada de um verão escaldante" e após o grito de um galo "fora de hora". Trata-se de cortejo hediondo e libertino em que Ele-ela é descrito como entidade inacessível e de beleza extraordinária. À sua vista, propagam-se ações típicas de magia negra – fenômenos ilógicos, grotescos (um cão solta gargalhadas e um anão corcunda dá pulinhos). Das "bocas escorria saliva grossa, amarga e untuosa", e alguns "se urinavam sem sentir". Contudo, para redenção de todos, amanhece e o portal diabólico quebranta: "De repente e bem de leve – fiat lux." Descobre-se que a fabulação dantesca não passara de um sonho. Por sorte, os "anjos da guarda (...) despertavam frescos, bocejando ainda, mas já protegendo os seus pupilos". Cada personagem, à cama, recém-acordada, relembra o pesadelo e, ensimesmada, reclama da vida uma explicação para seus infortúnios pessoais.

No tocante às citações e às alusões, há uma explosão delas no texto. As referências tangenciam um panteão mítico-religioso, bem como um inventário laico e estético-literário descompassados: Santa Teresa d'Ávila, São Francisco de Assis, Cristóvão Colombo, Raul Seixas, Max Ernst, Goethe, Strauss, Shakespeare, *O exorcista*, de William Peter Blatty, e outros. Recorde-se de que a escritora frequentava cartomantes e era atraída por expedientes de magia – o conto "A quinta história", de *A legião estrangeira*, é prova capital disso. Ela traduziu, em 1976, a obra *Entrevista com* *o vampiro*, da estadunidense Anne Rice, um ano depois de ter participado, na Colômbia, do Congresso Mundial de Bruxaria.* Lispector compôs vinte e duas pinturas; nessa galeria, fenômenos de grandeza insólita adquirem relevo e admitem correlação com a narrativa que confere título a este livro.

Entre esses quadros em óleo e em técnica mista sobre madeira, arquivados na Fundação Casa de Rui Barbosa, Rio de Janeiro, dois poderiam ser evocados: *Medo* (1975, 30 x 40 cm) e *Sol da meia-noite* (1975, 35 x 50 cm). A propósito, a ficcionista chega a redigir algumas linhas acerca da pintura denominada *Medo*. O texto, infelizmente malogrado, corresponderia à sua conferência no Congresso Mundial de Bruxaria: "(...) Parece uma boca sem dentes tentando gritar e não conseguindo. Perto dessa massa amarela, em cima do preto, duas manchas totalmente brancas que são talvez a promessa de um alívio. Faz mal olhar este quadro."** De fato, camadas espessas de tinta na cor preta espalham-se pelo pinho-de-riga, embora o óleo não cubra a superfície por completo; no centro, um círculo disforme de consistência viscosa (amarelo-escuro) impinge à peça uma conotação de pavor. Em *Sol da meia-noite*, o clima sombrio reincide. Na parte superior do compensado, todo ele com demão de preto, um sol vermelho põe-se à esquerda; e à frente, em perspectiva vertical, geleiras sugerem uma madrugada gótica.

A têmpera ganha outra coloração nos demais textos desta coletânea. Em "O relatório da coisa", uma intenção falaciosamente investigativa prevalece; essa "coisa" – com vistas à qual se engendra um raciocínio espiralado – nada mais é que um relógio da marca Sveglia. Diz a autora-narradora: "Meu jogo é aberto: digo logo o que tenho a dizer e sem literatura. Este relatório é a antiliteratura da coisa." Do mesmo modo, tal escrito está longe de ser um relatório:

é também *antirrelatório*. Falta a ele formalidade, encerra rispidez e mostra-se intolerante às novidades tecnológicas e à ostentação mercadológica: "Eu enjoei do cigarro Consul que é mentolado e doce. Já o cigarro Carlton é seco, é duro, é áspero, e sem conivência com o fumante. (...) não me importo de fazer propaganda de graça do Carlton. Mas, quanto à Coca-Cola, não perdoo." De permeio com a exposição descritiva do Sveglia, rascunham-se *causos* nos quais figuram consumidores potenciais desse aparelho regulador do tempo. Emerge da estrutura verbal, acima de tudo, muita irritação (compreensível, em se tratando de uma ficcionista que precisa de dinheiro): "Eu quero mandar este relatório para a revista *Senhor* e quero que eles me paguem muito bem."

O leitor de *Onde estivestes de noite* depara-se, em outras páginas, com construções inconstantes, a exemplo de "É para lá que eu vou" – um gracejo, senão, puxa-puxa frásico, um dito espirituoso pautado por nuances da vida. Ou topa com a narrativa "Um caso complicado", típico pastiche de noticiário extraído de jornal, mas com uma diferença: a metalinguagem opera no registro da cadeia de incidentes passionais, confiando à lâmina do texto a falsa impressão de que está mal-arranjado. Faz-se menção a Nelson Rodrigues nesse rocambolesco *fait divers*. No volume *A descoberta do mundo* (1967-1973), que data de 1984, a narrativa ganha nova publicação: "Um caso para Nelson Rodrigues."

Há mais textos neste livro que tiveram uma primeira aparição. O conto "Esvaziamento" é um deles – saíra em *A legião estrangeira* e em *Felicidade clandestina* (1971) sob o título "Uma amizade sincera"; a crônica "As águas do mar" consta como parte de um capítulo do romance *Uma aprendizagem ou o livro dos prazeres* (1969); "O morto no mar da Urca" reaparece como "Antes da ponte Rio-Niterói" em *A via crucis do corpo*.

Essa trama contém elementos caros à Clarice: o mar, a morte, a alteridade e a inventividade ficcional. Chega à narradora a notícia do afogamento de um banhista, enquanto dona Lourdes, a costureira que anuncia a ocorrência, executa os ajustes em seu vestido. Da janela do apartamento no bairro da Urca, Rio de Janeiro, avistam-se bombeiros, e a cronista, em pé e em meio ao desconforto gerado pelo calor do dia e pela confecção da peça cinturada, nas cores azul e amarela, evita se projetar no "morto em salmoura". Eis que fracassa, abatendo-se em face da morte. "Não quero morrer! gritei-me muda dentro de meu vestido." Nessa hora, alinha em pensamento uma história:

> [...] era uma vez um rapaz novo ainda que gostava de banho de mar. Daí, ele foi numa manhã de quarta-feira para a Urca. Na Urca, nas pedras da Urca, eu não vou porque está cheio de ratos. Mas o rapaz não ligava para ratos. Nem os ratos ligavam para ele. O casario branco da Urca. Isso ele ligava. Então tinha uma mulher provando um vestido e que chegou tarde demais: o rapaz já estava morto.

Pelo prisma físico, arquitetônico, essa janela situada no alto de um prédio equivale à quadratura vazada que divide o *lado de cá* do *lado de lá*. No entanto, quando o que está em jogo é a criação literária, extravasam-se (enigmáticos) tempo e espaço.
Onde estais? Onde estivestes?

— RICARDO IANNACE

---

* GOTLIB, Nádia Battella. *Clarice: uma vida que se conta*. 6.ed. rev. e aum. São Paulo: Edusp, 2009.
** LISPECTOR, Clarice. "Magia" *apud* BORELLI, Olga. *Clarice Lispector: esboço para um possível retrato*. Rio de Janeiro: Nova Fronteira, 1981, p. 57.

Este livro, publicado em nova edição no quadro das comemorações do centenário de nascimento de Clarice Lispector, foi impresso com as fontes Didot e Akzidenz Grotesk.